AF866294

Die Reisen der *Diamond Lady* – Ein neuer Anfang

Das Kreuzfahrtschiff Diamond Lady hat einen neuen Kapitän: Robert Andersen. Ein Schicksalsschlag hatte Kapitän Andersen einst vor vielen Jahren aus der Bahn geworfen. Nun erkennt er nach dem Tod eines guten Freundes, dass er sein Leben ändern muss. Auf der Diamond Lady, so hofft der Kapitän, kann er noch einmal neu anfangen. Zwei seiner Töchter, eine Jugendfreundin und sein ehemals bester Freund gehören zur Besatzung, doch nicht mit allen hat sich der neue Kapitän ausgesöhnt. Vermag die Zeit alle alten Wunden zu heilen?
Mit an Bord befinden sich Gunther und Silke Weinrich. Die beiden sind seit über 35 Jahren verheiratet. Nach einem schweren Unfall will Silke die Reise als den Neubeginn ihres Lebens sehen. Ihr Mann Gunther kann allerdings die Vergangenheit und die ausgestandenen Ängste um seine Frau nicht vergessen. Er behütet Silke so stark, dass sie bald keinen anderen Ausweg sieht, als sich zu trennen. Gunther kann und will nicht begreifen, was er in Silkes Augen falsch macht! Als er es schließlich merkt, ist es fast zu spät ...

Johanna Mai

Die Reisen der *Diamond Lady* – Ein neuer Anfang

FSC
www.fsc.org
MIX
Papier aus verantwortungsvollen Quellen
Paper from responsible sources
FSC® C105338

Bibliografische Information der Deutschen Nationalbibliothek:
Die Deutsche Nationalbibliothek verzeichnet diese Publikation in der Deutschen Nationalbiografie; detaillierte bibliografische Daten sind im Internet über dnb.dnb.de abrufbar.

Herstellung und Verlag:
BoD – Books on Demand, Norderstedt

ISBN: 978-3-7431-4889-5

Personen

Crew der *Diamond Lady*:

Robert Andersen	*Kapitän der Diamond Lady*
Rebecca Andersen	*Kreuzfahrthotelmanagerin, älteste Tochter des Kapitäns*
Cassandra Andersen	*Mitarbeiterin im Animationsteam, jüngste Tochter des Kapitäns*
Christian Roth	*Staff-Kapitän (leitender Offizier)*
Peer Ehrenberg	*erster Offizier (Sicherheitsoffizier)*
Jan Seeger	*Koch*
Dr. Marga Limbeck	*Schiffsärztin*
Frank Ehring	*General Manager*
Elise Kallert	*Friseurmeisterin*
Lars Burger	*Bordingenieur*
Alina	*Köchin*
Natascha	*Rezeptionsangestellte*
Davide	*Barkeeper*

Passagiere der *Diamond Lady*:

Silke Weinrich	*Ehefrau von Gunther Weinrich*
Gunther Weinrich	*Ehemann von Silke Weinrich*

Weitere:

Akim	*Lotse in St. Petersburg*
Christa Andersen	*verstorbene Ehefrau des Kapitäns*
Vera Andersen	*Schwester des Kapitäns*
Hanna Andersen	*mittlere Tochter des Kapitäns*
Sofia Lehmann	*Tochter von Hanna Andersen; Enkelin des Kapitäns*
Hartmut Berger	*früherer Kapitän der Diamond Lady*
Dr. Peter Cassens	*früherer Schiffsarzt der Diamond Lady*
Lother	*verstorbener Kollege und guter Freund von Kapitän Andersen*

Die Handlungen und Personen in diesem Buch sind frei erfunden. Ähnlichkeiten mit lebenden oder toten Personen und Schiffen sind rein zufällig. Alle Angaben und Informationen über die Arbeit und Aufgaben der einzelnen Personen sowie deren Position und Funktion auf einem Schiff und die einzelnen Orte, Häfen und Gebräuche der verschiedenen Länder sind ohne Gewähr auf Richtigkeit und/ oder Vollständigkeit und können daher von der Realität abweichen.

*

Sonnenstrahlen brachen hinter einer großen weißen Wolkenbank hervor und fielen direkt auf das Kreuzfahrtschiff, das dort am Pier vertäut lag. Kapitän Robert Andersen war vor wenigen Minuten aus dem Taxi gestiegen, das ihn an den Hafen von Warnemünde gebracht hatte. Sein Blick fiel auf die *Diamond Lady*. Mit ihren zwölf Passagierdecks und einer Länge von etwas über 200 Metern war sie nicht nur das Flaggschiff und der ganze Stolz der Reederei Mancini, sondern auch der Traum eines jeden Kapitäns. Ihre Reisen führten die *Diamond Lady* jährlich fast um die ganze Welt. Innerhalb der letzten Wochen war das Schiff während eines Werftaufenthalts modernisiert und mit einer neuartigen Abgasreinigungsanlage ausgestattet worden. Der Kapitän sah anerkennend zur *Diamond Lady*. Der Bug war strahlend weiß und wies die typischen Malereien der Mancini-Reederei auf. Es herrschte emsiges Treiben am Pier. Vorräte wurden verladen. Die letzten kleinen Reparaturarbeiten wurden vor der kommenden Abreise, am morgigen Tag, durchgeführt. Der Kapitän sah, aus der Menge der arbeitenden Leute, einen Mann Mitte dreißig in Offiziersuniform auf sich zukommen. Offensichtlich der erste Offizier, den Schulterklappen nach zu urteilen.

„Kapitän Andersen?", sprach ihn der Mann fragend an.

„Der bin ich."

„Mein Name ist Peer Ehrenberg. Ich bin der Sicherheitsoffizier der *Diamond Lady* und darf Sie aufs Schiff begleiten.“ Sie gaben sich die Hände. Offizier Ehrenberg hatte dunkelblonde Haare, graugrüne Augen und einen Dreitagebart. Er sah athletisch aus, wie ein nordischer Zehnkämpfer.

„Freut mich, Sie kennen zu lernen“, entgegnete der Kapitän.

„Soll ich Ihnen mit Ihrem Gepäck helfen, Käpt'n?“, fragte der erste Offizier hilfsbereit.

„Vielen Dank, aber das ist nicht nötig, die Taschen sind nicht schwer.“ Sie gingen den Pier entlang.

„Unser Staff-Kapitän Christian Roth lässt sich entschuldigen, Käpt'n, er wollte eigentlich selbst kommen, um Sie zu begrüßen. Er musste sich allerdings noch um einen kleinen Zwischenfall kümmern. Er erwartet Sie dann auf der Brücke.“

„Ich weiß, wie das ist, wenn ein Schiff eine Generalüberholung bekommt. Es dauert immer eine Zeit, bis auch die kleinen Macken wieder ausgebessert sind. Das war bei der *Diamond Epoque* nicht anders.“

„War die *Diamond Epoque* Ihr erstes Kreuzfahrtschiff, Käpt'n?“, fragte Peer Ehrenberg interessiert, als sie sich auf den Weg zur Gangway machten.

„Ja, das war sie. Davor war ich auf verschiedenen Frachtschiffen. Zuerst als Staff-Kapitän, schließlich als Kapitän. Auf der *Diamond Epoque* war ich dann immerhin fast zwanzig Jahre Kapitän. Es war eine schöne und interessante Zeit. Doch nach reiflicher Überlegung hielt ich es für das Richtige, meine Zelte abzubrechen.“

„Und hier auf der *Diamond Lady* neu anzufangen“, entgegnete Offizier Ehrenberg gutgelaunt. Diese Stimmung kam Kapitän Andersen fast ein bisschen aufgesetzt vor. Doch sicher war sein Gegenüber ebenfalls etwas aufgeregt und da schien es ihm unnötig, dieser Sache große Aufmerksamkeit beizumessen. Sie erreichten zuerst seine neue Kabine, die sich direkt hinter der Brücke befand. Die Kabine war geräumiger, als er erwartet hatte. Sie hatte zwei Zimmer und einen kleinen Balkon und war gleichzeitig auch sein Büro. Er stellte seine Reisetaschen auf dem Sofa ab. Ihr Weg führte die beiden Männer gleich darauf zur Brücke. Hoch oben im Schiff gelegen, an drei Seiten mit getönten Scheiben verglast, bot sie einen sagenhaften Blick auf den Pier. Bald würden Kapitän Andersen und seine Crew von hier aus die Weltmeere befahren. Das unendliche Blau des Wassers, Sonnenuntergänge und die Häfen in aller Herren Länder erblicken. Das waren jene Momente, die der Kapitän an seinem Beruf am meisten liebte.

„Käpt'n, hier wären wir in Ihrer Kommandozentrale. Darf ich Ihnen unseren Staff-Kapitän Christian Roth vorstellen", machte der Sicherheitsoffizier, der auf der *Diamond Lady* gleichzeitig die Position des ersten Offiziers innehatte, die zwei bekannt. Der Staff-Kapitän schien ein ernster Mann Ende dreißig zu sein. Er hatte dunkle, fast schwarze Haare und dunkelbraune Augen. Er lächelte kurz höflich, schien dann aber wieder nachdenklich.

„Sind die Umbaumaßnahmen zu Ihrer Zufriedenheit verlaufen?", fragte Kapitän Andersen. Da der letzte Kapitän der *Diamond Lady* seinen Posten, aufgrund eines familiären Notfalles, von den einen auf den anderen Tag verlassen hatte, war das Kommando für das Schiff und die Generalüberholung dem Staff-Kapitän übertragen worden. Gerne wollte Kapitän Andersen noch mehr über das Ausscheiden seines Vorgängers erfahren. Da die Reederei sich sehr bedeckt gehalten hatte, vermutete der Kapitän zusätzliche Gründe, die den letzten Kapitän, Hartmut Berger, zu diesem Schritt bewogen hatten. Wenn es möglicherweise aus persönlichen Gründen geschehen war, war es nicht unwichtig, dies zu wissen. Die Arbeit auf einem Schiff beruhte schließlich auf Vertrauen! Doch er musste die Frage nicht gleich klären.

„Ja, soweit ist die *Diamond Lady* einsatzbereit. Der Herd in unserer Showküche funktioniert noch nicht einwandfrei und vorhin habe ich die Meldung unseres Chefingenieurs bekommen, dass eine Kontrollleuchte im Maschinenraum zu fehlerhaften Protokollen geführt hat. Dies wurde aber inzwischen behoben. Wir sind morgen bereit zum Ablegen."

„Das höre ich gerne. Sehr schön." Offizier Ehrenberg stellte ihm nun auch die anderen anwesenden Offiziere der *Diamond Lady* vor. Als Nächstes führte ihn der erste Offizier mehrere Decks tiefer. Das Bordhospital der *Diamond Lady* und damit das Wirkungsgebiet der Schiffsärztin befand sich auf Deck 3 und Kapitän Andersen war mehr als freudig überrascht, als er seine gute Freundin Dr. Marga Limbeck erkannte, die dort hinter dem Schreibtisch saß. Sie hatten sich in den letzten Jahren privat hin und wieder gesehen, doch sie hier sitzen zu sehen, in ihrer Uniform, rief ihm alte Zeiten ins Gedächtnis. Marga hatte sich großartig gehalten! Die rotblonden, schulterlangen Haare und die jadegrünen Augen ließen sie viel jünger erscheinen, als sie war.

„Marga? Das ist ja eine Überraschung. Ich dachte, du arbeitest noch auf der *LaVouge*?"

„Bis vor drei Monaten habe ich das auch, aber jetzt habe ich hier auf der *Diamond Lady* angefangen. Erst vor einer Woche wurde mir gesagt, dass du der neue Käpt'n wirst. Da dachte ich mir, ich überrasche dich und verrate nicht, dass ich ebenfalls hier bin." Der Kapitän gab Dr. Limbeck die Hand und strich ihr kurz über die Schulter.

„Das ist eine großartige Überraschung, Marga."

„Finde ich auch, Robert." Als er und der erste Offizier Ehrenberg schon am Gehen waren, rief ihm Dr. Limbeck zu. „Ach, und vergiss Frank bitte nicht."

„Bei Herrn Ehring schauen wir sofort vorbei", beschloss Offizier Ehrenberg. Kapitän Andersen war nicht wirklich erpicht darauf, Frank Ehring wiederzusehen, doch er hatte ja bereits vor Dienstantritt gewusst, dass sein ehemals bester Freund auf der *Diamond Lady* als General Manager arbeitete. Er und Frank hatten die letzten Worte an Christas Grab gewechselt und dies waren keine allzu freundlichen Worte gewesen. Sicherlich hatten sie sich bei einer der Veranstaltungen der Reederei ein paar Mal gesehen, doch über einen knappen Gruß waren sie nicht hinausgekommen. Der Kapitän wusste nicht, was zwischen seinem ehemals besten Freund und seiner Frau Christa gelaufen war, doch über Freundschaft war es vermutlich hinausgegangen. Achtzehn Jahre lag nun der Tod seiner Frau zurück. Achtzehn lange Jahre, in denen er es sich nicht verzeihen konnte, dass er seiner Frau in der schwierigsten Zeit ihres Lebens, als sie schwer krank geworden war, nicht beigestanden hatte.

Er war damals als Kapitän der *Diamond Epoque* auf Weltreise gewesen. Als er zurückkehrte, fand er seine Frau Christa sterbend vor. Sein bester Freund Frank, der zu diesem Zeitpunkt an Land gearbeitet hatte, hatte ihm nichts gesagt. Keine auch noch so kurze Nachricht über Christas Erkrankung hatte er ihm geschrieben, obwohl er Christa regelmäßig sah! Dies konnte er Frank bis zum heutigen Tage nicht ganz verzeihen. Christa hatte die Diagnose kurz vor seiner Abreise erhalten. Warum also hatte Frank ihm nichts gesagt? Vielleicht hatte Christa gedacht, dass ihr Mann seine Position als Kapitän der *Diamond Epoque* aufgeben würde, wenn er es wüsste. Aber wie hatte Frank ihn so hintergehen können? Christa hatte in den letzten Wochen, die ihr geblieben waren, Vorkehrungen getroffen und Robert war, als er von der Weltreise zurückkehrte, nichts weiter übrig geblieben, als ihre letzten Wünsche zu respektieren. Nur mit Mühe war dies möglich!

Offizier Ehrenberg ahnte nichts von den düsteren Gedanken des Kapitäns und klopfte an der Tür des General Managers. Ein freundliches „Herein“ erklang und sie betraten das Büro.

„Herr Ehring, ich denke, Sie und unser neuer Kapitän kennen sich schon“, eröffnete der erste Offizier das Gespräch.

„Ja, wir sind uns bekannt.“ Frank Ehring stand auf. Er sah verändert aus. Das graue Haar wurde schon etwas schütterer. Frank hatte immer eine Tendenz zu ein bisschen mehr Bauch gehabt, doch in den letzten Jahren schien er sich sportlich mehr zu betätigen, denn er machte einen fitten Eindruck.

„Wie lange ist das nun her, Robert, seit wir uns das letzte Mal richtig unterhalten haben? Fast achtzehn Jahre?"

„Es sind über achtzehn Jahre, Frank. Seit Christas Begräbnis."

„Ja, stimmt. Du hast dich gut gehalten, Robert." Das konnte der Kapitän weder bestätigen noch abstreiten. Bei der Damenwelt kam er nach wie vor sehr gut an. Zum einen, da er mit seinen ein Meter fünfundachtzig recht groß war und ihm bereits viele Frauen bestätigt hatten, dass er mit seinen dunklen Haaren, die sicher an den Schläfen schon grauer wurden und den blaugrauen Augen oft dem Ideal entsprach, das sie sich bei einem Mann vorstellten. Zum anderen hatte er viele Interessen. Nicht nur Schiffe und Nautik, sondern auch Oldtimer, Sport und Kultur gehörten dazu. Frank Ehring hielt ihm die Hand hin. Zum einen als Begrüßung, zum anderen, wie der Kapitän aus der Miene seines Gegenübers schloss, aber auch als Zeichen, dass sie ihr Kriegsbeil begraben sollten. Der Kapitän drückte die ihm dargebotene Hand, als Zeichen für eine professionelle Zusammenarbeit; dies war auf einem Schiff wie der *Diamond Lady* unerlässlich. Aber eine Erneuerung ihrer Freundschaft schien ihm äußerst fraglich.

„Na dann, auf eine gute und professionelle Zusammenarbeit, Käpt'n", sagte Frank.

„Ja, das wünsche ich mir ebenfalls."

„Das Büro von Rebecca ist gleich ein paar Türen weiter, falls du deine Tochter kurz begrüßen möchtest."

„Ja, sicher, das mache ich."

„Jetzt werden wir uns wieder häufiger sehen, Robert."

„Das ließe sich auf einem Schiff, selbst in dieser Größe, tatsächlich schwer vermeiden." Es klang unhöflicher als beabsichtigt, doch Kapitän Andersen wollte es nun nicht mehr zurücknehmen. Dass Marga Limbeck auf der *Diamond Lady* arbeitete, war eine erfreuliche Begebenheit, auf Frank hätte er aber gut und gerne verzichten können. Als er und Offizier Ehrenberg das Büro von Frank Ehring verließen, kam eine Person auf sie zu, die zu sehen, den Kapitän sowohl glücklich als auch nervös machte.

„Rebecca", sagte er zu seiner ältesten Tochter, die eben in einem dunkelblauen Kostüm, das üblich für die Reederei Mancini war, auf sie zukam.

„Kapitän Andersen, willkommen", sagte sie und gab ihrem verblüfften Vater förmlich die Hand. Ihr Händedruck war fest.

„Ich begleite Sie noch schnell zu Ihrem Büro, dann können Sie und Becca, ich meine Frau Andersen, sich ein bisschen unterhalten", sagte Offizier Ehrenberg schnell und ging voraus. Der Kapitän empfand seine Kabine als sehr gemütlich und geschmackvoll eingerichtet. Das größere der zwei Zimmer war sein Büro, zweckmäßig mit einem Schreibtisch, von dem aus er einen herrlichen Blick nach draußen hatte. Jetzt sah er von hier aus den Hafen von Warnemünde, würde jedoch über kurz oder lang die Aussicht auf ein unendlich scheinendes Meer, hohe Wellen oder fremde Häfen genießen können. Viele Schränke boten Stauraum für Unterlagen und um einen niedrigen Tisch waren zwei schmale Couchen und ein Stuhl angeordnet für eine kleine Gesprächsrunde mit Kollegen. In dem zweiten, kleineren Zimmer befanden sich sein Bett und ein Stuhl. Eine schmale Tür führte von dort in ein kleines Badezimmer.

„Dann hätten wir unseren Rundgang beendet, Käpt'n. Wenn Sie etwas brauchen, finden Sie mich auf der Brücke oder in meinem Büro. Es ist gleich drei Türen weiter."

„Ich danke Ihnen, für die Runde durchs Schiff und für das Vorstellen der Kollegen. Auf eine gute Zusammenarbeit." Der erste Offizier nickte und verließ den Raum.

„Bitte setz dich doch", sagte Kapitän Andersen zu seiner Tochter und wies auf den Stuhl vor dem Schreibtisch. Rebecca setzte sich und sah ihren Vater ernst an. Sie hatten sich zuletzt vor etwa einem halben Jahr bei einer Veranstaltung der Reederei Mancini gesehen. Von seinen drei Töchtern sah Rebecca ihrer Mutter Christa am ähnlichsten. Die kastanienbraunen Haare trug sie oft zu einem Dutt hochgesteckt. Sie waren bei ihr von Natur aus glatt und nicht lockig, wie bei ihrer Mutter. Rebecca war sehr groß, nur etwas mehr als einen halben Kopf kleiner als ihr Vater. In den hohen Schuhen und dem Kostüm wirkte sie noch schlanker, als sie sowieso schon war. Sie hatte als Kind selten gelacht, doch nun als Erwachsene mit Mitte dreißig war sie noch etwas ernster und nachdenklicher geworden. Die braunen Augen musterten ihren Vater skeptisch. Die Lippen hatte sie dabei fest aufeinandergepresst.

„Warum bist du hier?", brachte sie schließlich hervor.

„Ist es denn schlecht, wenn dein alter Herr sich verändern möchte?“

„Es ist nicht schlecht, nur seltsam. Wärst du jemand anderes, würde ich meinen, du möchtest mehr Zeit bei einem Teil deiner Familie verbringen. Aber da du der bist, der du nun einmal bist, frage ich mich, was du damit bezweckst oder vielmehr, was dich auf die Idee gebracht hat, jetzt auf der *Diamond Lady* anzuheuern?!“ Es kränkte Kapitän Andersen, dass seine älteste Tochter eine so geringe Meinung von ihm hatte. Die Vergangenheit, all die Zeit, in der er sich sehr wenig um seine Familie gekümmert hatte, konnte er nicht mehr rückgängig machen. Aber er konnte versuchen, ihr und auch ihren jüngeren Schwestern, Hanna und Cassandra, zu beweisen, dass er dies ändern wollte. Er hätte Christa auf ihrem Totenbett niemals versprechen dürfen, dass er seine Position als Kapitän der *Diamond Epoque* behielt. Sie hatte darauf bestanden, doch er hätte ihr sagen müssen, dass er seinen Lebenstraum für seine Töchter aufgeben würde. Stattdessen war er über die Weltmeere gefahren und hatte die Erziehung seiner drei Töchter die meiste Zeit seiner älteren Schwester Vera überlassen, ganz im Sinne seiner Frau Christa.

„Es gab mehrere Gründe. Aber eigentlich ist es vor allem, weil vor vier Monaten Lothar gestorben ist.“ Lothar war fast fünfzehn Jahre der Staff-Kapitän auf der *Diamond Epoque* gewesen. Die Nummer Zwei, nach ihm. Kapitän Andersen und er waren die besten Freunde geworden. Lothar, knapp zehn Jahre jünger als er selbst, war vor wenigen Monaten völlig unerwartet an einem Blutgerinnsel gestorben. Ein

Schock für Kapitän Andersen und Anlass dafür, dass er sein Leben, seine getroffenen Entscheidungen, seine Beziehungen zu den Menschen, die ihm etwas bedeuteten, überdachte.

„Davon habe ich gehört. Es tut mir leid, Vater. Ich weiß, du und Lothar ihr wart eng befreundet."

„Ja, das waren wir." Der Kapitän schwieg kurz, um seine Beweggründe in Worte zu fassen. Rebecca brauchte für alles immer einen Grund und eine Erklärung. Sie war mit Eifer bei der Sache, sobald sie eine Entscheidung getroffen hatte. Dem Kapitän war es daher wichtig, dass sie ihn verstehen und seinen Entschluss akzeptieren konnte.

„Der plötzliche Tod von Lothar hat mich schockiert und mich aufgerüttelt, mein Leben aus einem völlig neuen Blickwinkel zu betrachten. Ich habe mir vorgestellt, wie du und deine Schwestern mich wohl in Erinnerung haben werdet und das war keine allzu angenehme Vorstellung." Rebecca widersprach nicht, sondern hatte nur ihre linke Augenbraue skeptisch nach oben gezogen. Das hatte sie nicht von ihrer Mutter, sondern eher von ihrem Vater. Nimm nichts für bare Münze, lass es dir erst einmal beweisen. Manchmal eine gute Eigenschaft, oft aber auch sehr mühsam für die Leute, die mit einem zu tun hatten.

„Solche Dinge gingen mir ständig durch den Kopf", fuhr der Kapitän fort, „und nachdem ich dann gehört habe, dass die *Diamond Lady* einen Kapitän sucht, sah ich es als eine Art Zeichen, etwas Neues zu beginnen. Ich weiß nicht, ob dies der richtige Weg ist, doch es ist der einzige Weg, den ich aktuell gehen möchte."

Rebecca war zunächst in Gedanken. „In Ordnung. Trotzdem wäre es schön gewesen, Vater, wenn du uns Bescheid gegeben hättest. Wenn Cassandra und ich es von dir erfahren hätten und nicht von der Meldung der Reederei. Wir arbeiten schließlich beide hier an Bord."

„Ich weiß, es tut mir leid." Noch mehr bedauerte er es, als Rebecca Anstalten machte aufzustehen.

„Becky, musst du denn gleich wieder los? Hast du nicht etwas Zeit zu reden?"

„Später vielleicht, jetzt gibt es vor dem morgigen Tag eine ganze Menge zu erledigen. Und bitte, nenn mich nicht Becky, das mochte ich schon als kleines Mädchen nicht. Zumindest das solltest du von mir wissen."

*

Rebecca wusste, dass der letzte Satz alles andere als freundlich gewesen war, doch es kränkte sie nach wie vor, dass ihr Vater es ihr und ihrer Schwester Cassandra verschwiegen hatte, dass er die Position des Kapitäns auf der *Diamond Lady* bekommen hatte. War es tatsächlich zu viel verlangt, dass er sich einmal von sich aus bei seinen Töchtern meldete? Oder hatte er die Reaktion und die mögliche Konfrontation gescheut? Rebecca wusste es nicht und abgesehen davon, konnte sie noch nicht einmal sagen, ob sie ihren Vater überhaupt so gut kannte. Tief in Gedanken versunken ging sie den Gang entlang.

„Becca!“, hörte sie hinter sich eine Stimme. Sie erblickte Offizier Peer Ehrenberg, der ihr auf dem Gang nachgegangen war.

„Ja, Peer, was gibt´s?“

„Der neue Käpt'n ist also dein Vater?!“, stellte Peer geradeheraus fest.

„Scharf kombiniert, Herr Offizier“, neckte Rebecca ihren Kollegen und guten Freund. „Wir haben denselben Nachnamen, ich dachte, du kommst schneller darauf.“

„Ich war die letzten Wochen nicht ganz bei der Sache, das ist alles.“

„Hm, Männer und Multitasking sind ja zwei komplett gegensätzliche Dinge. Was hat dich denn so in Beschlag genommen, dass du nicht bei der Sache warst?“ Inzwischen waren sie an Rebeccas Bürotür angekommen.

„Ich weiß nicht. Es war einfach ein bisschen viel in letzter Zeit. Kapitän Berger hat uns so plötzlich verlassen, das war alles nicht so leicht.“

„Und du weißt noch immer nichts Genaueres?“, fragte Rebecca nicht zum ersten Mal. Die Meldung der Reederei, dass es sich um einen familiären Notfall handelte, der Hartmut Berger veranlasst hatte, die *Diamond Lady* so schnell zu verlassen, war recht verspätet an die Besatzung ausgegeben worden. Ganz so, als hatten weitere oder andere Gründe zu dieser Entscheidung geführt.

Peer zuckte mit den Achseln. Wie schon beim letzten Mal, als Rebecca mit ihm über dieses Thema gesprochen hatte, beschlich sie das Gefühl, dass er etwas verschwieg. Doch wenn ihr Kollege nicht darüber sprechen wollte, mochte sie ihn nicht dazu drängen. Die Freundschaft mit Peer war Rebecca zu wichtig. Peer wusste, dass er sich auf Rebecca verlassen konnte. Sobald er bereit war, über alles zu reden, würde sie ein offenes Ohr für ihn haben. Wie bereits in der Vergangenheit.

*

Das Gespräch mit Rebecca ging Kapitän Andersen auch am nächsten Tag nicht aus dem Kopf. Als er sich gerade die Uniform anzog, klopfte es an seiner Kabinentür. Schnell zog er als Letztes die nachtblaue Uniformjacke über und eilte an die Tür.

„Na, Herr Kapitän, erhalte ich die Erlaubnis zum Eintreten?", begrüßte ihn seine jüngste Tochter Cassandra und salutierte mit einem Lächeln. Wie hatte er dieses Lächeln vermisst! Er bemerkte, dass er in der Vergangenheit bei weitem zu wenig dafür getan hatte, um dieses Lächeln öfter zu Gesicht zu bekommen.

„Cassandra, wie schön. Aber natürlich, Erlaubnis erteilt", ging der Kapitän auf den Spaß seiner jüngsten Tochter ein. Cassandra war Mitte zwanzig und blühte, wie er gehört hatte, als Mitarbeiterin im Animationsteam für die Kinder, voll auf. Sie hatte dunkelblonde, lockige Haare, die sie aussehen ließen, wie ein Engel. Sie kam von der Körpergröße nach ihrer Mutter und war daher fast um einen Kopf kleiner als ihre große Schwester Rebecca. Die blaugrauen Augen glichen denen ihres Vaters und wurden eingerahmt von einer eckigen, schwarzen Brille. Cassandra umarmte ihn kurz und musterte ihn anerkennend.

„Sehr schick, Papa. Aber ich muss dich rügen, du hast uns gar nicht verraten, dass du ab heute hier arbeitest, wir haben es aus dem Klatschblatt der Reederei erfahren.“ Die Reederei wäre sicher entgeistert, wenn sie wüssten, dass Cassandra die monatlichen Mitarbeiterinformationen als Klatschblatt bezeichnete.

„Ich weiß, das hat Becky ... ich meine, Rebecca mir gestern schon vorgeworfen. Ihr zwei habt ja recht! Vielleicht hatte ich ein bisschen Bedenken, wie ihr reagieren würdet, aber das ist selbstverständlich kein Grund, nichts zu sagen.“

„Ich finde es großartig! Endlich haben wir einmal eine Chance dich zu sehen, sonst hast du uns ja nur während deines Urlaubs besucht.“ Da hatte Cassandra recht. „Aber jetzt kommst du mir nicht mehr aus, Papa. Ich verlange pro Woche mindestens ein gemeinsames Mittagessen.“

„Aye aye, Fräulein Andersen.“ Sie lachten und der Kapitän bemerkte, dass ihm nicht wirklich bewusst gewesen war, wie sehr ihm diese Vertrautheit in den letzten Jahren gefehlt hatte.

„Und hast du deine Rede an die Crew schon vorbereitet?“, fragte Cassandra ihren Vater.

„Ja, habe ich. Aber es wird keine lange Rede; eher etwas Kurzes, Prägnantes. Heute kommen schließlich schon die Passagiere und dann geht es auf in die Ostsee. Aber glaube mir, es ist jedes Mal eine Herausforderung und das letzte Mal, dass ich auf einem Schiff neu als Kapitän angefangen habe, ist schon mehrere Jahre her.“

„Sicher, aber das schaffst du schon, Papa", sagte Cassandra, stellte sich auf die Zehenspitzen und hauchte ihrem Vater einen Kuss auf die Wange.

„Ich muss jetzt los. Bis später", verabschiedete sich Cassandra. Nachdem er sich noch einmal kurz gesammelt hatte, machte er sich auf den Weg in das große Theater. Dort würde er seine Ansprache halten.

Schon wenige Minuten später stand er auf der Bühne des Theaters.

„Als ich diese Rede vorbereitet habe, ist mir aufgefallen, wie lange es her ist, dass ich auf einem Schiff neu angefangen habe. Fast zwanzig Jahre war ich auf der *Diamond Epoque*. Sie war zwar nicht mein erstes Schiff als Kapitän, aber das erste Kreuzfahrtschiff. Ich war damals mehr als aufgeregt, denn ich hatte davor nur auf Frachtschiffen gearbeitet, und wusste nicht, ob ich der Verantwortung gewachsen wäre. Nach fast zwanzig Jahren weiß ich, dass ich damals die richtige Entscheidung getroffen habe. Zu wissen, was einen glücklich macht und dieser Leidenschaft beruflich nachgehen zu können, ist eines der größten Geschenke, die man im Leben erhalten kann. Ein weiteres Geschenk sind Menschen, denen man etwas bedeutet und die einen immer unterstützen. Ich hatte und habe das Glück, dass ich eine Familie und Freunde habe, auf die ich mich immer verlassen konnte." Die folgenden Worte waren sowohl für die Crew als auch für seine beiden Töchter, die dort unten im Publikum saßen und zuhörten. „Ich weiß, dass es nicht selbstverständlich ist, Unterstützung und Rückhalt zu erfahren und dass es den Leuten, die man liebt, einiges abverlangt. Umso mehr ist es wichtig, dankbar zu sein.

Daher möchte ich diese Rede nun gar nicht zu lange ausdehnen und Ihnen allen danken. Für den netten Empfang. Für die Unterstützung, die ich von Ihnen einfordere, damit wir auch weiterhin diesen großartigen Service, der über die Reederei weithin bekannt ist, anbieten können. Und vor allem möchte ich Ihnen für Ihr Vertrauen danken. Ich werde alles daran setzen, Ihren Anforderungen gerecht zu werden und sie vielleicht sogar noch zu übertreffen. Wenn Sie Probleme, Wünsche oder sonstige Anliegen haben, steht Ihnen meine Tür zu jeder Zeit offen. Danke." Der Applaus war laut und langanhaltend. Frank Ehring stand auf und schritt nach vorne auf die Bühne. Er hatte ein Geschenk mit dabei und überreichte es Kapitän Andersen. Dieser vermutete, dass es sich bei dem Geschenk um ein größeres Buch handelte.

In das Mikro sagte der General Manager: „Käpt'n, auch ich möchte mich kurzfassen. Wir haben eine Kleinigkeit für dich besorgt. Dein Interesse an Oldtimern ist ja bekanntlich recht groß, daher wird dir dieses Geschenk sicher gefallen und die ein oder andere ruhige Stunde auf See unterhaltsamer machen." Ein verhaltenes Lachen aus den Reihen der Crew war zu hören. Viele ruhige Stunden würde der Kapitän wohl nicht haben. „Die Besatzung und auch ich möchten uns bedanken, für deine Worte und deinen Dank. Wir hoffen, du fühlst dich hier schnell wohl und die *Diamond Lady* wird ein richtiges Zuhause für dich. Wir freuen uns, dass wir mit dir einen so erfahrenen Kapitän bekommen haben und ich spreche sicher für alle, wenn ich sage, du kannst auf unsere Unterstützung zählen." Eine erneute Welle des Applauses brach im Theatersaal aus.

Danach gab es einen Umtrunk mit Sekt, Orangensaft und kleinen Häppchen.

„Eine großartige Rede, Käpt'n", sagte der Staff-Kapitän Christian Roth und stieß mit ihm an. Als schließlich Offizier Ehrenberg neben ihnen stand, wollte Kapitän Andersen seinen Worten gerne etwas mehr Nachdruck verleihen.

„Vielen Dank. Ich hoffe, Sie und die Kollegen von der Brücke wissen, dass ich es wirklich so meine, wie ich es gesagt habe. Bei Fragen, Wünschen, Anregungen, aber vor allem auch bei Kritik steht Ihnen meine Tür immer offen. Die Arbeit auf einem Kreuzfahrtschiff bedeutet in erster Linie, Verantwortung zu übernehmen und das geht nur, wenn man sich auf sein Gegenüber verlassen kann. Sollten Sie, oder einer der Kollegen jemals Zweifel haben, zögern Sie nicht, etwas zu sagen."

„Ja, Käpt'n. Danke", sagte der Staff-Kapitän. Offizier Ehrenberg nickte zustimmend. Christian Roth stellte sich nach einiger Zeit zu Frank Ehring.

„Käpt'n", begann der Sicherheitsoffizier, als er und der Kapitän einige Momente schweigend nebeneinandergestanden hatten. „Ich weiß nicht genau, wie ich es formulieren soll. Ich denke, durch das plötzliche Ausscheiden von Kapitän Berger sind wir vielleicht nicht das unkomplizierteste Team, das es zu führen gilt. Aber ich kann für alle Kollegen sprechen, mit denen ich näher zusammenarbeite, dass wir mehr als motiviert sind."

„Und das ist schon einmal eine der wichtigsten Voraussetzungen. Wir werden sehen, wie es läuft. Ich bin optimistisch, dass es kein Thema geben wird, über das sich nicht reden lässt."

Bevor Offizier Ehrenberg darauf antworten konnte, trat Rebecca zu ihnen.

„Ich wollte euch nicht stören, sondern nur kurz anstoßen."

„Du störst doch nicht", erwiderte Peer Ehrenberg an Rebecca gewandt und der Kapitän merkte zwischen den beiden eine große Vertrautheit. Eine Vertrautheit, die ihn freute, die er aber bei seiner ältesten Tochter, im Umgang mit anderen Menschen außerhalb der Familie, noch nie gesehen hatte. Cassandra, die gleich darauf mit einem jungen Koch namens Jan Seeger zu ihnen herüberkam, war da völlig anders. Ganz wie ihre Mutter hatte sie etwas Warmes und Einnehmendes in ihrem Umgang mit anderen Menschen. Jeder fühlte sich in ihrer Nähe wohl. Es entstand nie ein Moment des angespannten Schweigens. Wenn Cassandra sich zu einer Gruppe gesellte, wurde dort am meisten gelacht und gescherzt. Rebecca hatte ein viel ernsteres Wesen als ihre Schwester und doch war ihr Verhältnis die meiste Zeit recht harmonisch. Der Umtrunk hätte, wenn es nach der Crew ging, gerne länger andauern können, da aber die Gäste bereits in den kommenden Stunden einchecken würden, eilten die einzelnen Crewmitglieder bald an ihre Plätze zurück.

„Käpt'n, wir sehen uns dann gleich auf der Brücke", verabschiedete sich Offizier Ehrenberg. Rebecca tat es ihm gleich.

„Bis demnächst“, sagte sie ausweichend. Sie schloss zu Peer auf, der noch auf sie gewartet hatte.

*

„Schau dir dieses Schiff an, Gunther!“, rief Silke Weinrich begeistert aus. Ihr Mann Gunther Weinrich sah etwas skeptisch auf die *Diamond Lady*, die sich vor dem Check-in-Terminal abzeichnete. Sie checkten am Schalter ein. Das Gepäck würde ihnen auf die Kabine gebracht werden. Gunther musterte das Schiff vom Bug bis zum Schornstein, der sich im hinteren Drittel des Schiffes befand.

„Es ist wirklich riesig“, stimmte er seiner Frau zu und atmete angespannt aus.

„Wenn du vor allem bedenkst, dass es Schiffe gibt, auf denen viel mehr Passagiere reisen können. Das müssen wirkliche Giganten sein. Dann bin ich sehr froh, dass wir unsere erste Kreuzfahrt auf der *Diamond Lady* machen.“

„Wir hätten von mir aus gar keine Kreuzfahrt machen müssen. Zu Hause bei uns ist es doch auch schön und wenn uns die Decke einmal auf den Kopf fällt, dann machen wir einfach eine entspannte Tour mit dem Wohnmobil zum Bodensee, danach sieht alles ganz anders aus.“ Ach, wenn es doch nur so leicht wäre, dachte sich Silke traurig.

„Vielleicht möchte ich aber jetzt ein bisschen mehr von der Welt sehen, Gunther. Das letzte Jahr hat mir gezeigt, dass das Leben wahnsinnig schnell vorbei sein kann. Und bevor es so weit ist, will ich noch etwas erleben! Ich möchte mich wieder lebendig fühlen, so als würden mir alle Möglichkeiten offenstehen. Zusammen mit dir, Gunther." Silke hatte die Hand ihres Mannes genommen und sah zu ihm hoch. Nach ihren über fünfunddreißig gemeinsamen Ehejahren kannte sie diesen Blick bei ihrem Mann. Gunther war noch immer nicht überzeugt und ihm behagte diese Situation gar nicht. Doch darauf konnte sie keine Rücksicht nehmen. Fast das ganze letzte Jahr hatte Silke in Krankenhäusern und Rehakliniken verbracht. Nach einem schweren Unfall, bei dem sie auf ihrem Fahrrad von einem Auto angefahren worden war, hatte es nicht gerade gut um sie gestanden. Es würde einem Wunder gleichkommen, wenn sie gesundheitlich wieder soweit genese, dass sie alleine zurechtkommen könnte. Dies hatte nicht nur ein Arzt zu Silke gesagt und doch hatte sie nicht aufgegeben! So viel Schönes gab es, das sie zusammen mit Gunther unternehmen wollte. Eine Kreuzfahrt in die Ostsee war schon immer einer ihrer Träume gewesen. Und eines hatte ihr dieser Unfall gezeigt: Träume mussten gelebt und durften nicht ewig nur geträumt werden.

„Ich habe Bedenken, dass du dich überanstrengst, Silke. Wir hätten doch vielleicht ein oder zwei Jahre warten können, bis wir diese Kreuzfahrt machen", entgegnete Gunther und las im Vorbeigehen die Hinweisschilder, in welcher Richtung die einzelnen Restaurants und Einrichtungen lagen. Sie steuerten direkt auf das große Foyer zu. Der Boden war mit einem dunkelroten Teppich ausgelegt. Am Eingang zum Foyer wartete ein Mann. Er gab jedem Gast zur Begrüßung die Hand.

„Guten Tag, mein Name ist Frank Ehring", stellte sich der Mann schließlich auch Silke und Gunther vor, als sie an ihm vorbeikamen. „Ich bin der General Manager und wenn Sie irgendetwas brauchen oder Fragen haben, scheuen Sie sich nicht, mich oder eine der Kolleginnen oder Kollegen anzusprechen. Hier vorne an der Rezeption können Sie Ausflüge buchen oder Umbuchungen vornehmen lassen. Wir haben Informationsbroschüren über die Landausflüge und Bordbroschüren über unser Schiff."

„Sie meinen, falls wir uns hier nicht zurechtfinden?", entgegnete Gunther herausfordernd. Warum klang heute jeder Satz bei ihm wie ein Angriff, fragte sich Silke. Frank Ehring zeigte sich unbeeindruckt.

„In der Bordbroschüre werden die verschiedenen Serviceleistungen aufgeführt, die wir hier auf unserem Schiff anbieten. Wir haben einen großen Spa-Bereich und mehrere Restaurants mit Spezialitäten aus aller Welt. Eine Mall mit vielen verschiedenen Geschäften und Boutiquen auf Deck 8. Das Fitness-Center und die Bibliothek finden Sie auf Deck 7. Unser großes Theater erstreckt sich über die drei Decks 8, 9 und 10. Dort finden am Tag Vorträge und Vorlesungen statt und am Abend treten Bands oder unsere Showgruppe auf. In der Bordbroschüre haben Sie eine Übersicht über das Veranstaltungsprogramm im Theater und über die einzelnen Bars und Lounges."

„Danke, ich denke, da wird es eine ganze Menge geben, was wir uns ansehen möchten", sagte Silke vergnügt. Gunther stimmte ihr mit einem nicht sehr überzeugten Nicken zu. Sie gingen weiter zur Rezeption, die sich an der gesamten rechten Seite des Foyers befand. Hinter der Rezeption hingen große Bildschirme an der Wand, auf denen der Wetterbericht und erste Impressionen der Städte, die sie in den kommenden Tagen besuchen würden, zu sehen waren. Vor allem auf Stockholm und St. Petersburg freute sich Silke ganz besonders. Für Russland hatten sie und Gunther sich extra Reisepässe ausstellen lassen, die für dieses Land und das Visum zwingend erforderlich waren.

„Kann ich Ihnen helfen?“, wurden Silke und Gunther Weinrich von einer jungen, hübschen Frau, die hinter dem Counter der Rezeption stand, angesprochen.

„Nein, wir kommen schon zurecht“, erwiderte Gunther unwirsch. Was war nur mit ihrem Mann los, dass er sich so verhielt, fragte sich Silke.

„Die Gänge auf diesem Schiff scheinen ja endlos“, entfuhr es Silke und sie schaute etwas irritiert die immer gleiche Anordnung der Zimmertüren entlang. Die beige-rote Musterung des Teppichbodens trug auch nicht zur Orientierung bei. Gunther sah besorgt zu seiner Frau. Da war er wieder, einer dieser Momente, vor denen er sich so fürchtete! Silke sah so verletzlich, so überfordert aus. Sie wirkte desorientiert und er wusste nicht, wie er ihr helfen konnte! Silke war kurz stehen geblieben und blickte den langen Gang zurück. Dann folgte sie ihrem Mann. Silke atmete erleichtert auf, als sie ihre Kabine betrat. Ihre Außenkabine mit Balkon befand sich auf Deck 7. Von dort hatte sie eine beeindruckende Aussicht auf den Hafen von Warnemünde und über kurz oder lang würde diese Aussicht den Weiten des Meeres weichen. Silke konnte es kaum erwarten und schöpfte wieder neuen Mut. Sie würde sich schon zurechtfinden auf der *Diamond Lady* und wenn sie sich nicht mehr auskannte, konnte sie jederzeit jemanden aus der Besatzung fragen. Die Crewmitglieder waren alle sehr nett und zuvorkommend.

*

„Käpt'n“, grüßte der Staff-Kapitän Christian Roth, als Kapitän Andersen die Brücke betrat. Nun war es so weit! Seine erste Reise begann mit dem Ablegen der *Diamond Lady*. Kapitän Andersen fühlte so etwas wie Aufregung, Freude und Anspannung. Doch alles in allem war es ein großartiges Gefühl! In Gedanken war der Kapitän bei seiner Frau Christa. In erhebenden Momenten wie diesen stellte er sich oft vor, dass er noch ein einziges Mal die Möglichkeit bekam, mit ihr sprechen zu können. Was hätte sie wohl zu seiner Entscheidung gesagt? Wäre sie auf seiner Seite gewesen? Hätte sie ihm zugestimmt? Sicher. Sie hatte ihn, bei all ihrer Unterstützung seines Lebenstraums, immer daran erinnert, er solle die Familie, die Mädchen, nicht vergessen. Das war ihm jahrelang passiert, wie er fand. Zu viel Zeit hatte er an Bord der *Diamond Epoque* zugetan. Sicherlich, einige Wochen seines Urlaubs verbrachte er stets zu Hause. Mehrmals hatte er seine Töchter ein paar Wochen an Bord geholt. Doch in all der Zeit, die er an Bord verbracht hatte und seine Töchter zu Hause, war vieles an Vera und an Rebecca hängen geblieben. Er hatte sich manchmal schon gedrückt. Lothars plötzlicher Tod hatte ihm dies klar gemacht. Vor seinem inneren Auge tauchten wieder Lothars bereits erwachsene Kinder auf, die ebenfalls bei der Beerdigung gewesen waren. Beide Kinder studierten noch und als der Kapitän mit ihnen nach der Beerdigung ins Gespräch gekommen war, hatte er zu seinem Erstaunen aber auch zu seinem Entsetzen bemerkt, wie wenig die zwei von ihrem Vater gewusst hatten. Beide waren der Meinung gewesen, dass sie ihrem Vater nichts hatten Recht machen können und sie ihm ziemlich gleichgültig waren. Als der Kapitän ihnen schließlich von Lothar berichtete und ihnen erzählte, dass viele der Gespräche, die Lothar und er geführt hatten, von ihren Kindern gehandelt hatten, waren die beiden überrascht gewesen. So hatten sie ihren Vater nicht gekannt! Vielmehr waren sie jahrelang davon ausgegangen, dass er sich nicht sonderlich für sie erwärmen konnte. Dies war der Moment gewesen, der den Kapitän veranlasste, etwas zu ändern! Was würden seine Töchter von ihm denken? Welchen Eindruck würden sie von ihm in Erinnerung behalten, wenn er einmal nicht mehr war? Vielleicht war es zu spät, jetzt noch etwas ändern zu wollen, aber es nicht zu versuchen, war definitiv der falsche Weg. Er musste Rebecca, Hanna und Cassandra zeigen, dass sie ihm wichtig waren und ihm etwas bedeuteten. Er musste ihnen beweisen, dass er Teil ihres Lebens sein wollte. Er hatte sich viele Jahre während seiner Urlaube wie ein Gast innerhalb der Familie gefühlt und er wusste nicht, ob sie ihm alle noch eine Chance geben würden. Hanna hatte er, kurz bevor er an Bord der *Diamond Lady* gegangen war, angerufen und ihr von seinen neuen Plänen erzählt.

Sie war begeistert gewesen und hatte sich für ihn gefreut. Hanna war verheiratet und Mutter einer aufgeweckten Tochter im Grundschulalter. Sie hatte nicht viel Zeit zum Telefonieren gehabt, doch der Kapitän hatte den Eindruck gewonnen, dass sie sich nicht ungern mit ihm unterhalten hatte. Cassandra hatte, wie von Kapitän Andersen erhofft, positiv auf seine Pläne reagiert. Sie war ein optimistischer Mensch, der mit Begeisterung für alles Neue durch die Welt ging. Allein Rebecca bereitete ihm Kopfzerbrechen. Sie war ihm so ähnlich und er konnte sie so gut verstehen! Hatte sie doch in ihrer Jugend, neben ihrer Tante Vera, die meiste Verantwortung für die Familie tragen müssen!

Peer Ehrenberg sah zu seinem neuen Vorgesetzten. Kapitän Andersen schien, als er zu ihnen auf die Brücke gekommen war, in Gedanken gewesen zu sein. Jetzt war dieser Eindruck verschwunden und der Kapitän war höchst konzentriert. Peer war skeptisch, was er von dem neuen Kapitän halten sollte. Ebenso sein Kollege Christian Roth. Sie warfen sich beide einen kurzen, aber vielsagenden Blick zu und dachten vermutlich an das Gleiche. Die genauen Umstände, warum der vorige Kapitän, Hartmut Berger, so plötzlich die *Diamond Lady* verlassen hatte, waren der restlichen Crew nicht bekannt. Allein Christian Roth und Peer Ehrenberg wussten über die ganze Geschichte Bescheid. Frank Ehring war über einen Großteil im Bilde. Der Rest der Crew musste sich wohl oder übel mit der vagen Information der Reederei zufriedengeben. Peer war sich sicher, dass sein Kollege Christian genauso wie er selbst darauf erpicht war, dass es dabei blieb. Andernfalls würden sie sofort ihre Positionen auf der *Diamond Lady* verlieren und es würde schwer werden, etwas auch nur annähernd Vergleichbares zu finden. Für Peer war dieses Schiff mehr als nur ein Arbeitsort. Die *Diamond Lady* war sein Zuhause! Diese Stelle als erster Offizier hatte sein Leben verändert, wenn sie ihn nicht sogar gerettet hatte. Natürlich musste sich der neue Kapitän auf die Loyalität und das Vertrauen seiner Crew verlassen können. Mehr noch war es das Fundament einer erfolgreichen und guten Zusammenarbeit, das hatte der neue Kapitän in seiner Rede deutlich gesagt. Doch Peer sah nicht ein, dass er für einen Fehler, den er seiner Meinung nach nur aus Loyalität zu dem vorherigen Kapitän begangen hatte, nun die Konsequenzen tragen musste. Er und Christian arbeiteten hart und gaben stets ihr Bestes. Und kam es nicht hauptsächlich darauf an? Peer war froh, dass er, in all den Stunden, in denen er das Geheimnis für sich behalten hatte, nie dem Drang nachgegeben und sich Rebecca anvertraut hatte. Es reichte, wenn er und Christian sich die Köpfe zerbrachen, ob sie richtig gehandelt hatten. Rebecca und ihn verband inzwischen eine tiefe und für ihn mehr als wichtige Freundschaft. Die durfte und wollte er nicht aufs Spiel setzen. Zudem war der neue Kapitän ihr Vater. Das Dilemma, in dem sich Rebecca befunden hätte, wenn sie die Wahrheit gekannt hätte, wäre nicht auszumalen gewesen!

*

Die meisten Gäste standen an Deck, um das Ablegen der *Diamond Lady* zu erleben. Rebecca hatte eine Menge zu erledigen, doch sie hielt kurz inne und blickte aus dem Fenster, auf den Hafen, der sich langsam entfernte.

„Hier steckst du, Schwesterherz, ich habe dich schon überall gesucht", begrüßte Cassandra ihre Schwester.

„Ja, ich habe eine Menge zu erledigen, aber das Ablegen ist doch, egal in welchem Hafen, immer etwas Besonderes."

„Ich weiß, so geht's mir auch. Gerade jetzt, wo Papa mit uns an Bord ist."

„Erinnere mich nicht daran", erwiderte Rebecca genervt und wandte sich schließlich vom Fenster ab und den Papierstapeln auf ihrem Schreibtisch zu.

„Was ist denn mit dir los? Bist du nicht ebenfalls froh, dass er hier ist?", fragte Cassandra und ließ sich auf den Stuhl gegenüber nieder.

„Nein", antwortete diese ernst. „Ich bin alles andere als froh, oder glücklich, oder was auch immer, dass er hier ist. Wir müssen Hanna noch davon berichten. Ihr wird er es sicher ebenfalls nicht erzählt haben." Rebecca sah auf die einzelnen Blätter und begann diese zu ordnen. Buchungen, Reklamationen, Verbesserungsvorschläge der Gäste, Listen für die Roomservice-Crew und viele andere Dokumente warteten auf Bearbeitung.

„Hast du nicht mal eine Minute Zeit, dass wir reden?", fragte Cassandra.

„Doch habe ich. Sprich, ich hör zu", entgegnete Rebecca und sortierte den Stapel weiter.

„Weißt du, du bist Papa eigentlich wahnsinnig ähnlich und verstehst dich komischerweise von uns dreien am wenigsten mit ihm.“ Dieser Satz von Cassandra hatte nun den gewünschten Effekt bei ihrer Schwester. Rebecca legte den Papierstapel kurz beiseite und blickte auf.

„Was willst du von mir hören?! Ja, ich weiß, dass wir uns ähnlich sind, er und ich. Aber ich bin nicht auf Weltreise gegangen, während die eigene Frau, unsere Mutter, schwer krank war! Du warst damals noch kleiner, Cassandra, aber ich habe das sehr gut mitbekommen! Er hat uns und Mama im Stich gelassen, das werde ich ihm nicht verzeihen. Auch wenn Tante Vera uns immer wieder gesagt hat, dass dies Mamas letzter Wunsch an ihn war. Er hätte zumindest mit uns darüber reden müssen. Seine Entscheidung hatte schließlich nicht nur Auswirkungen für ihn. Er hätte zumindest in Erwägung ziehen müssen, für uns alles aufzugeben. Das macht man, wenn man Kinder hat! Wenn er jetzt meint, er kommt hierher, nach all den Jahren und wir freuen uns alle, dass er endlich Interesse für uns hat, dann hat er sich echt geschnitten. Zufrieden?! Ist das die Reaktion, die du von mir wolltest?!“ Rebecca sah ihre Schwester wütend an.

„Ich finde es eigentlich sehr schön, dass er da ist“, meinte Cassandra vorsichtig.

„Du bist halt anders. Deine Welt besteht aus Kinderanimation, Fingerfarbe und Basteln. Du fühlst dich wohl mit dieser rosa Brille.“ Rebecca merkte, dass dies ungerecht gegenüber ihrer Schwester war.

„Weißt du was, du hattest die rosa Brille nie auf und wenn du dich nochmal fragst, warum du so wenige

Leute hast, die dich mögen, dann liegt es vielleicht genau daran." Cassandra stand auf und ohne ein weiteres Wort ging sie hinaus und schloss die Tür wütend hinter sich. Rebecca sah auf die geschlossene Bürotür und ihr war zum Heulen zumute. Sie und Cassandra verstanden sich die meiste Zeit sehr gut. Diese ganze Situation mit ihrem Vater überforderte Rebecca mehr, als sie zugeben wollte. Sie merkte, dass es ihr leichter gefallen war, als sie wusste, dass sie ihren Vater nicht jeden Tag sah. Doch jetzt, dieser neue Umstand, dass er der Kapitän war, verlangte ihr einiges ab. Sie musste sich nun mit der Vergangenheit auseinandersetzen. Eine Vergangenheit, von der sie dachte, sie hätte sie schon längst überwunden. Eine Vergangenheit, die sie für abgeschlossen gehalten hatte. Wenn dies der Fall war, warum belastete es sie dann jetzt so? Ein Mensch wie ihr Vater, der seine Entscheidungen immer über die Köpfe anderer hinweg traf, änderte sich doch nicht plötzlich! Er hatte sie damals vor knapp achtzehn Jahren mit seiner Entscheidung vor vollendete Tatsachen gestellt und jetzt hatte er bewiesen, dass er genauso eigenmächtig handelte, wie eh und je.

*

Cassandra war gekränkt von den Dingen, die ihr Rebecca vorgeworfen hatte. Eine rosa Brille trug sie Rebeccas Meinung nach. Zugegeben, es war etwas Wahres dran. Aber mit ihrer Engstirnigkeit verwehrte Rebecca ihrem Vater die Chance, sich mit ihr zu versöhnen. Cassandra konnte sich noch daran erinnern, wie aufopferungsvoll sich ihre ältere Schwester und ihre Tante Vera um sie und Hanna nach dem Tod der Mutter gekümmert hatten. An Rebecca war viel Verantwortung hängen geblieben und Cassandra war ihr dankbar und sie liebte sie dafür umso mehr. Der Zorn auf ihre Schwester verschwand daher fast so schnell, wie er gekommen war. Außerdem arbeitete in diesem Fall die Zeit für sie. Sicher würde Rebecca, wenn sie ihrem Vater auf dem Schiff nicht aus dem Weg gehen konnte, erkennen, dass es besser wäre, sich mit ihm auszusprechen. Cassandra wusste, dass Rebecca es dem Vater übel nahm, dass er seine Töchter nach dem Tod der Mutter nicht um ihren Rat gefragt, sondern sie vor vollendete Tatsachen gestellt hatte. Dennoch war Cassandra insgeheim froh, dass ihr Vater seine Entscheidung damals selbst getroffen hatte. Als siebenjähriges Mädchen hätte sie am liebsten gehabt, dass die Familie einfach zusammenblieb. Rebecca war damals siebzehn Jahre alt gewesen. Hätte sie eine Lösung gewusst, mit der alle glücklich geworden wären? Nun, nach all den Jahren wusste Cassandra eines ganz sicher: Durch ihren Vater hatten sie und ihre Schwestern im Laufe der Jahre in ihrer Jugend immer wieder ein paar Wochen auf der *Diamond Epoque* verbringen können. Nur dieser Zeit hatte sie es zu verdanken, dass sie jetzt ihren Traumjob gefunden hatte und glücklich war. Wenn ihr Vater das Kapitänspatent damals, vor achtzehn Jahren, an den Nagel gehangen hätte, hätte sie dann diesen Beruf gewählt?

*

Silke Weinrich stand an Deck und beobachtete, wie der Hafen immer kleiner wurde. Es war inzwischen früher Abend und ihre letzten, leisen Zweifel waren der Vorfreude auf die Reise gewichen. Sie spürte die kühle Abendluft auf ihrem Gesicht und fühlte sich wie belebt.

„Gunther", begann Silke und drehte sich zu ihrem Mann, der neben ihr stand. „Ich bin mir sicher, dass es die richtige Entscheidung war, diese Kreuzfahrt zu unternehmen."

„So, na dann, Liebling, hoffen wir, dass alles gut geht." Gunther wirkte so angespannt und Silke hoffte, dass sich dies in den kommenden Tagen noch legen würde. Sicher half ihm etwas Ablenkung dabei! Es gab Vorträge über die verschiedenen Länder, die sie sich anhören konnten. Sie hatte sich überlegt, ob sie und Gunther einen Kochkurs machen sollten. Bereits heute fand auch ein Tanzabend statt! Eine herrliche Gelegenheit gemeinsam Zeit zu verbringen. Doch vielleicht sollte sie Gunther zuerst ein wenig die Möglichkeit geben, sich auf dem Schiff einzugewöhnen.

„Sicher wird alles gut gehen, Gunther. Mach dir keine Gedanken. Lass uns die Zeit hier zusammen genießen. Ich habe im ganzen letzten Jahr ständig Angst gehabt und oft genug gehört, was ich alles nicht machen soll, darf oder kann. Jetzt wird es Zeit die Batterien aufzuladen und das Leben wieder voll anzupacken." Gunther hatte seiner Frau zugehört. Nun lauschte er dem regelmäßigen Dröhnen der Schiffsmotoren. Sicher war es ein erhebendes Gefühl, vom obersten Deck, das Ablegen der *Diamond Lady* mitzuerleben. Dennoch hätte er vieles dafür getan, genau jetzt, in diesem Moment vor seinem Wohnmobil am Bodensee zu sitzen. Dort kannte er sich aus! Sie fuhren seit Jahren auf denselben Zeltplatz, wussten genau, wo sich alles befand. Vermutlich würden sie sogar in tiefster Nacht zu jeder Einrichtung auf dem Zeltplatz finden. Hier auf der *Diamond Lady* war alles fremd. Natürlich freute sich Gunther auf die verschiedenen Städte und die neuen Eindrücke, doch seine Sorgen kreisten ständig um Silke. Würde sie ihm Bescheid geben, wenn sie sich unwohl fühlte? Oder würde sie es verschweigen, um ihn nicht zu beunruhigen?

„Ich danke dir", sagte Silke da plötzlich zu ihm und lehnte ihren Kopf an seine Schulter.

„Wofür?", fragte Gunther überrascht. Was hatte er denn schon Großartiges getan? Silke hatte diese Reise gebucht.

„Dass du das gesamte letzte Jahr an meiner Seite warst und mich nicht alleine gelassen hast."

„Dafür musst du dich doch nicht bedanken, Silke! Wir sind verheiratet, in guten wie in schlechten Zeiten. Egal was kommt, ich werde immer an deiner Seite sein. Ich beschütze dich." Gunther nahm seine Frau in die Arme. Oh, ja, das würde er! Er würde Silke beschützen und sie keine Minute aus den Augen lassen. Keinen Moment sollte sie während dieser neuntägigen Kreuzfahrt Angst haben, weil sie sich nicht zurechtfand. Dafür würde er Sorgen.

*

Als Kapitän Andersen am späten Abend von der Brücke zu seiner Kabine ging, traf er auf dem Gang

Frank Ehring und den Staff-Kapitän Christian Roth. Die beiden Männer schienen zu diskutieren und der Kapitän konnte folgende Worte von Frank Ehring verstehen, als er sich den beiden näherte: „... dann besprechen Sie sich mit Ihrem Kollegen Ehrenberg und treffen Sie zusammen mit ihm eine Entscheidung, Christian. Ich kann Ihnen nur raten, was ich tun würde, doch es muss von Ihnen kommen." Kapitän Andersen näherte sich den beiden Männern und er merkte, wie sich Christian Roths Miene, sobald er ihn sah, verfinsterte. Der Staff-Kapitän warf Frank Ehring einen kurzen, ernsten Blick zu und verabschiedete sich dann von den zwei Männern. Richtung Brücke ging er davon.

„Etwas, das ich wissen sollte, Frank?"

„Ja, im Prinzip schon. Aber ich hoffe, du verstehst, dass es manchmal Dinge gibt, die erst nach einiger Zeit ausgesprochen werden können. Die Zeit ist in dieser Sache noch nicht so weit." Der Kapitän warf Frank Ehring einen kurzen Blick zu. Anscheinend hatte ihn sein Gespür nicht getäuscht. Die Anspannung, die er heute bei den Kollegen auf der Brücke gespürt hatte, war also tatsächlich vorhanden. Vor allem bei Peer Ehrenberg und Christian Roth.

„Ich denke ebenfalls, dass Geduld wichtig ist. Aber wenn es um die Sicherheit hier an Bord geht, müssen alle Zweifel sofort geäußert werden, Frank."

„Darüber musst du dir keine Sorgen machen, Robert. Die Sicherheit hier an Bord ist nicht gefährdet. Es gibt manchmal einfach Differenzen und schwierige Situationen, das kennst du ja selber." Er wusste, was Frank damit meinte.

„Wenn du auf unsere Beziehung anspielen willst, ich bin gerade nicht in Stimmung. Vor allem finde ich nicht, dass es noch etwas zu klären gibt. Christa ist tot. Du kennst meinen Standpunkt und ich weiß, wie du die Sache siehst."

„Aber vielleicht wäre es nicht schlecht, wenn wir uns einmal zusammensetzen würden, um darüber zu sprechen", befand Frank Ehring.

„Wir sind auf einem Schiff, da sollte es nicht schwer sein, sich über den Weg zu laufen." Mit einem knappen Nicken verabschiedete sich der Kapitän von Frank Ehring.

Kapitän Andersen ging in sein Büro. Er hatte Auszüge aus den Personalakten in einem der Schubfächer. Der Vize-Kapitän Christian Roth war achtunddreißig und seit sieben Jahren auf der *Diamond Lady*. Der erste Offizier Peer Ehrenberg war fünfunddreißig und seit über fünf Jahren auf diesem Schiff. Es gab keine Auffälligkeiten bei den beiden. Keine sonderbaren Ereignisse. Außer hier, ein Bericht von Frau Dr. Limbeck. Der Kapitän las sich das Geschriebene genau durch. Zur gleichen Zeit, als der vorherige Kapitän Hartmut Berger die *Diamond Lady* verlassen hatte, war Peer Ehrenberg von Frau Dr. Limbeck behandelt worden, weil er sich die Nase gebrochen hatte. Aus dem Bericht der Ärztin war zu entnehmen, dass es ein Unfall war. Christian Roth hatte seinem Kollegen Ehrenberg nicht absichtlich die Nase gebrochen. Die jungen Männer hatten sich beide dazu geäußert und die Ärztin schloss ihren Bericht mit dem Resümee, dass sie zwischen den beiden kein Konfliktpotential wahrnahm. Die zwei bedauerten laut Aussage der

Ärztin den Vorfall. Der Kapitän las, dass beide Männer nicht verheiratet waren. Vielleicht waren sie wegen einer Frau aneinandergeraten. Wäre schließlich nicht das erste Mal. Oder es war tatsächlich ein unbeabsichtigter Unfall gewesen. Kapitän Andersen wusste, dass er Marga Limbecks Einschätzung trauen konnte. Wenn Frank und Marga zusicherten, dass von den beiden Männern kein Sicherheitsrisiko ausging, dann war es so. Der Kapitän nahm sich vor, Offizier Ehrenberg und Staff-Kapitän Christian Roth die Zeit zu geben, auf ihn zuzugehen. Zumindest bis zur nächsten Reise. Seine Kollegen mussten sich schließlich erst noch an ihn gewöhnen und Vertrauen zu ihm fassen. Fürs Erste genügte es, die zwei im Auge zu behalten.

*

Silke war beeindruckt von der Organisation auf dem Schiff. Die erste Nacht war ihr ungewohnt vorgekommen. Bei der Vorstellung, welche Wassermassen sich unter dem tonnenschweren Schiff befanden, war ihr am Abend etwas mulmig zumute gewesen. Doch irgendwann hatte die Müdigkeit gesiegt und sie war eingeschlafen. Gunther war bereits aufgestanden, als Silke am Morgen aufgewacht war. Auf ihre Frage, ob er gut geschlafen hatte, war nur ein gegrummeltes „Geht so" aus Gunther rauszubekommen. Das Frühstücksbuffet im Restaurant *Meerblick* konnte sich sehen lassen. Gunther und Silke bedienten sich und fanden ein traumhaftes Plätzchen auf der überdachten Veranda, die das Restaurant umgab.

„Ich habe gesehen, dass es heute einen Vortrag über Stockholm gibt. Sollen wir hingehen?“, fragte Silke ihren Mann, als sie fertig gegessen hatten und nun die Aussicht von der Veranda aus auf ein dunkelblaues, ruhiges Meer genossen.

„Wenn du möchtest“, stimmte Gunther zu.

„Wir können auch etwas anderes machen. Heute gibt es eine ganze Menge verschiedener Vorträge.“ Silke zog die Bordbroschüre aus der Tasche. „Über Tallinn oder Helsinki und über die Ostsee. Oder wir machen einen Kochkurs, dazu müssten wir uns aber anmelden. Oder wir gehen schwimmen. Hast du gesehen? Es gibt einen Infinity-Pool.“

„Einen was?“, fragte Gunther.

„Einen Infinity-Pool. Der ist am Heck und durch eine Glasscheibe kann man direkt aufs Meer sehen. Oder wir genießen entspannt den Tag auf dem Sonnendeck. Heute soll es wärmer werden und an einem windgeschützten Platz lässt es sich sicher gut aushalten.“

„Wer sagt, dass es wärmer wird?“, fragte Gunther.

„Die Bordzeitung *The Diamond Daily*. Erscheint täglich und immer mit den neuesten Informationen über das Wetter und die Landgänge.“

Gunther ging es alles zu schnell! Das Entspannen auf dem Sonnendeck schien ihm daher die beste Wahl.

„Gehen wir aufs Sonnendeck, Liebling.“

Sie standen auf und Silke musste sich kurz am Tisch festhalten, als ein Schwindelanfall sie erfasste und es ihr schwarz vor Augen wurde.

„Silke, Liebling, ist alles in Ordnung?“, fragte Gunther besorgt.

„Ja, es geht schon wieder. Ich denke, ich bin nur zu schnell aufgestanden."

„Lass uns in die Kabine gehen", schlug Gunther vor. „Dort kannst du dich ausruhen."

„Ich bin gerade erst aufgestanden, Gunther. Ich muss mich nicht ausruhen und entspannen kann ich besser unter freiem Himmel. Das schöne Wetter heute möchte ich genießen!"

„Das gute Wetter läuft uns doch nicht weg, Silke."

„Gunther, bitte, behandle mich nicht wie ein rohes Ei! Es geht schon." Silke fühlte sich unwohl. Ihr war unbehaglich und beklommen zumute und die vielen Glasflächen, von denen das Licht der Morgensonne reflektiert wurde, halfen nicht wirklich bei der Orientierung, sondern verursachten ihr eher Schwierigkeiten. Aber die Stunden bis zu den Landgängen in ihrer Kabine bleiben, das wollte Silke auf keinen Fall! Sie zwang sich zur Ruhe. Alles war gut, sie musste sich lediglich ein wenig mehr Zeit lassen. Langsam ließ das unbehagliche Gefühl nach. Sie erkannte, durch welche Tür sie die Veranda des Restaurants betreten hatten und merkte, wie die Anspannung nachließ.

„Jetzt ziehen wir uns um und gehen aufs Sonnendeck", entschied Silke. Gunther sah aus, als ob er protestieren wollte, doch er schwieg.

*

Der Kapitän erschien früh auf der Brücke. Seltsame Träume hatten ihn während der Nacht aus dem Schlaf hochschrecken lassen. Er hatte von Christa geträumt.

Im Traum hatte sie ihn angeschrien, ihm vorgeworfen, er hätte die Familie im Stich gelassen. Er hätte sie im Stich gelassen, zu der Zeit, als sie ihn am meisten gebraucht hätte! Der erste Offizier betrat die Brücke.

„Moin, Käpt'n. Haben Sie gut geschlafen?"

„Ja, sehr gut, vielen Dank", log der Kapitän. Mit Lothar war er so eng befreundet gewesen. Ihm hätte er vermutlich sogar von dem Traum erzählt. Die jungen Offiziere auf der *Diamond Lady* waren zuerst Kollegen. Ob er sich mit einem von ihnen so anfreunden konnte, wie mit Lothar, bezweifelte er. Und auf die Freundschaft mit Frank Ehring legte er keinen großen Wert mehr. Zu viel war in der Vergangenheit zwischen ihnen gesagt worden, was eine Freundschaft nahezu unmöglich machte. Aber sie waren beide Profis genug, sodass es auf ihre Arbeitshaltung keine Auswirkung haben würde.

„Peer, kannst du dir das hier anschauen", sprach der Vize-Kapitän Christian Roth seinen Kollegen an.

Der erste Offizier ging zu ihm hinüber und der Kapitän beobachtete die beiden aus dem Augenwinkel. Er müsste sich schon sehr irren, doch der Kapitän konnte nicht erkennen, dass die beiden Männer ein Problem miteinander hatten. Im Gegenteil, sie schienen sich ausgesprochen gut zu verstehen. Peer Ehrenberg sagte eben etwas und Christian Roth lachte kurz auf und klopfte seinem Kollegen auf die Schulter.

„In Ordnung, dann machen wir es so. Schließlich ist es das erste Mal, dass wir in Tallinn anlegen", sagte Christian Roth.

Nein, die zwei hatten sicher keinen Ärger miteinander. Wenn es in der Vergangenheit doch Probleme gegeben hatte, so schienen diese inzwischen geklärt.

Der Staff-Kapitän trat zu ihm.

„Käpt'n, Herr Ehrenberg und ich haben uns gerade über die Durchsage für das Anlegen in Tallinn unterhalten. Bei Kapitän Berger war es üblich, dass nicht er, sondern einer von uns die Durchsage verfasst. Wir haben in der Vergangenheit immer eine Münze geworfen, wer von uns heute das Vergnügen hat. In letzter Zeit habe ich die Durchsagen dann auch gehalten. Möchten Sie dies so beibehalten?" Der Kapitän war überrascht. In der Regel hatte er schon auf seinem vorigen Schiff die Durchsagen selbst geschrieben und auch gehalten, es sei denn, er war aufgrund von Heiserkeit oder wichtigen Verpflichtungen dazu nicht in der Lage gewesen.

„Ich bin es gewohnt, dass ich die Durchsagen selbst verfasse und halte. Wenn Sie beide nichts dagegen haben, würde ich das hier gerne so einführen."

„Uns kommt es eher entgegen, Käpt'n, wir sind nicht wirklich scharf auf die Durchsagen. Nicht wahr, Peer!", rief Christian Roth über die Schulter zu seinem Kollegen.

„Ja, um die Durchsagen beim Anlegen streite ich mich nun wirklich nicht." Der Kapitän war sich sicher, dass das nicht das Thema war, warum Christian Roth mit Frank Ehring gestern gesprochen hatte, doch die beiden Offiziere wirkten bereits entspannter. Dies hatte umgehend eine Wirkung auf die restlichen Offiziere, die der Unterhaltung lächelnd gelauscht hatten. Vielleicht gab es einfach mehr Eigenheiten, die sich

Kapitän Hartmut Berger rausgenommen hatte und nun waren die beiden unsicher, wie sie sich jetzt verhalten sollten. Doch Kapitän Andersen war zuversichtlich, dass sich dies mit der Zeit geben würde. Je besser sie sich alle kennenlernten, desto eher konnten solche Dinge auch angesprochen werden.

Gegen Mittag fragte der Kapitän den ersten Offizier:

„Herr Ehrenberg, wissen Sie, ob man bei dem Friseur neben dem Spa-Bereich auch als Crewmitglied einen Termin vereinbaren kann? Auf der *Diamond Epoque* gab es einen eigenen Friseur für die Crew, aber das scheint hier anders gehandhabt zu werden."

„Wenn ich richtig informiert bin, können Sie als Crewmitglied einen Termin außerhalb der offiziellen Öffnungszeiten vereinbaren. Der Serviceraum unten neben dem Bordhospital ist der provisorische Friseursalon für die Crew. Ich denke aber Frau Kallert, die Chefin, wird es sich nicht nehmen lassen, wenn nicht viel los ist, Ihnen gleich ohne Termin die Haare zu schneiden, Käpt'n", sagte Offizier Ehrenberg. „Versuchen Sie es gegen Mittag, dann ist meist wenig los bei den Damen. Aber ..."

„Aber was?", fragte der Kapitän nach, als der Offizier nicht weitersprach.

„Nichts gegen Frau Kallert, aber sie redet eine ganze Menge. Ich gehe immer auf einem der Landgänge zum Friseur."

„Da habe ich Bedenken, dass die Einheimischen nicht verstehen, wie ich die Haare haben möchte."

„Das Risiko gehe ich lieber ein."

Der Kapitän war gespannt auf Frau Kallert und beschloss gegen Mittag den Friseursalon neben dem

Spa aufzusuchen. Vielleicht hatte er ja Glück und kam direkt ohne Termin an die Reihe.

*

Silke entspannte sich glücklich. Die Sonne schien ihr ins Gesicht. Der sanfte Wind an Deck war angenehm und nicht zu kalt. In der Sonne fand sie es herrlich behaglich und Silke genoss das unbeschwerte Gefühl. Einzig ihr Mann Gunther bereitete ihr Kopfzerbrechen. Immer wieder ertappte sie ihn dabei, wie er ihr lange, nachdenkliche Blicke zuwarf. Er wirkte nicht im Mindesten entspannt oder wenigstens zufrieden. Zuerst hatte sie sich vorgenommen, es einfach zu ignorieren: Gunther war schon immer ein Gewohnheitsmensch gewesen und an den Bodensee waren sie seit vielen Jahren in den Urlaub gefahren. Dass er sich nun schwer mit der Umstellung tat, war Silke klar und sie hatte schon damit gerechnet. Aber was er hier aufführte, war lächerlich!

„Gunther, würdest du bitte aufhören, mich die ganze Zeit von der Seite zu mustern. Was ist denn los?"

„Glaubst du, ich kann das von vorhin einfach vergessen?!", brach es aus Gunther hervor. „Dir war schwindlig und unwohl. Ich mache mir Sorgen um dich, Silke!"

„Mir geht es jetzt aber wieder besser und ich möchte zusammen mit dir heute diesen Tag genießen. Warum verstehst du das nicht?!" Silke sah ihren Mann verständnislos an.

„Ich glaube, du machst dir etwas vor. Du bist noch nicht so weit. Ich sehe doch, dass dir immer wieder schwindlig wird und du nicht recht weißt, wo du bist."

„Das sind doch nur kurze Momente, ich warte einen Augenblick und dann geht's mir wieder besser."

„Silke, wenn du immer vorgibst, es wäre alles in Ordnung, wie soll ich dann wissen, wenn du dich einmal wirklich unwohl fühlst?! Du erzwingst hier doch etwas."

„Gunther, wie lange sind wir nun verheiratet? Du kennst mich doch! Ich sage dir schon, wenn es mir schlecht geht oder ich mich so unwohl fühle, dass ich Hilfe brauche." Natürlich kannte Gunther seine Frau, doch sie konnte auch sehr stur sein und in Bezug auf ihre Gesundheit sah er sich in der Pflicht darauf zu achten, dass sie sich nicht überanstrengte.

„Du hast auch zu nichts Lust, Gunther. Egal was ich vorschlage. Einen Tanzkurs, die Vorträge, einen Kochkurs im *Il Tartufo.* Schwimmen im Pool, einen Nachmittag im Spa-Bereich." Silke sah ihren Mann fragend an und hatte an den Fingern die einzelnen Möglichkeiten aufgezählt.

„In Ordnung, dann gehen wir am Nachmittag zu dem Vortrag über Stockholm. Das wird sicher interessant", sagte Gunther schließlich, doch Silke vermutete, Gunther wollte nur, dass sie aufhörte ihn zu löchern, was sie unternehmen konnten.

*

Kurz nach Mittag ging der Kapitän Richtung Spa-Bereich und steuerte direkt auf den Friseursalon zu, der mit großen Fotos von Models mit besonders modischen Frisuren warb. Er hoffte, dass Elise Kallert ihm keinen Undercut schnitt, wie es zurzeit viele Männer trugen. Das mochte bei einem jungen Mann vielleicht noch gut aussehen, er selbst wäre sich lächerlich vorgekommen. Alles zu seiner Zeit, und der Kapitän war froh, dass er diese Zeit schon hinter sich gelassen hatte. Jung zu sein war schön, aber auch anstrengend.

„Kapitän Andersen, wie schön Sie hier bei uns zu sehen", flötete ihn auch gleich eine dunkelhaarige, dünne Friseurin an, die er für die Chefin, Elise Kallert, hielt.

„Frau Kallert?", fragte er zur Sicherheit doch nach. Er hatte gelesen, dass sie und ihre Mitarbeiter für jeden Frisurwunsch auf der *Diamond Lady* zuständig waren.

„Käpt'n, bitte, nennen Sie mich Elise, bei Frau Kallert komme ich mir zwanzig Jahre älter vor." Sie lächelte ihn kokett an.

„Elise, ich wollte eigentlich nur einen Termin zum Haareschneiden vereinbaren."

„Käpt'n, ich bitte Sie. Wir haben gerade nicht viel zu tun. Bitte nehmen Sie doch Platz." Sie strich ihm über die Schultern und dirigierte ihn zu einem freien Stuhl im Salon. Außer ihm waren noch zwei Damen und ein Herr anwesend und ließen sich die Haare schneiden. Wobei eine der Damen zusätzlich auch noch Waschen, Färben und Föhnen in Anspruch nahm.

„Käpt'n, machen Sie Sport?", fragte Elise Kallert bewundernd, als er Platz genommen hatte. Sie hatte ihre Hände auf seine Schultern gelegt.

„Ein bisschen, wenn es die Zeit erlaubt."

„Wie hätten Sie es denn gerne. Also, die Haare meine ich." Sie warf ihm im Spiegel einen verführerischen Blick aus stark geschminkten Augen zu.

„Bitte einfach ein bisschen kürzer. So zwei bis drei Zentimeter."

„An den Seiten etwas kürzer als oben? Das liegt zurzeit im Trend."

„Nein, bitte bloß nicht."

„Gut, aye aye, Käpt'n." Elise Kallert begann zu schneiden und der Kapitän war überrascht, als sie ein paar Minuten nichts sagte.

„Und wie gefällt es Ihnen hier an Bord?", begann sie dann aber doch.

„Ausgesprochen gut, das Schiff ist großartig. Die Besatzung macht einen zufriedenen und serviceorientierten Eindruck." Sie fragte ihn zunächst über die *Diamond Epoque* aus, danach wollte sie mehr aus seinem Privatleben erfahren, hier blockte er aber schnell ab.

„Und wie ist die Stimmung auf der Brücke?" Elise Kallert hatte ihre Stimme gesenkt, sodass Kapitän Andersen sich anstrengen musste, sie zu verstehen und die Kollegen und Passagiere nichts von der Unterhaltung mitbekommen konnten.

„Die Stimmung ist einwandfrei. Die Kollegen sind motiviert, freundlich, hilfsbereit und bestens ausgebildet. Soweit ich es bis jetzt beurteilen kann, arbeiten sie reibungslos im Team. Wieso fragen Sie, Elise?"

„Och, nur so." Dann schwieg die Friseurin. Der Kapitän überlegte, ob er nachhaken sollte. Sein Schweigen hatte wohl zu lange gedauert, denn Elise Kallert fuhr fort: „Ich habe gehört, dass sich Kapitän Berger in den letzten Monaten, als er hier an Bord war, sehr stark verändert hatte, Sie verstehen." Kapitän Andersen schaute in den Spiegel, um Elise Kallert ansehen zu können. Dann sah er, wie sie so tat, als würde sie etwas trinken.

„Sie verstehen, Käpt'n?", fragte sie noch einmal nach.

„Sie meinen, er hat zu viel getrunken?"

„Das erzählt man sich, ich kann Ihnen aber nicht genau sagen, von wem ich es weiß. Nur soviel: Sie ist die Freundin der Freundin eines Kollegen und eine zuverlässige Quelle. Inzwischen arbeitet sie nicht mehr hier, aber sie war mit dem ehemaligen Arzt hier an Bord sehr vertraut."

„Kapitän Berger war schon viele Jahre im Dienst und soweit ich gehört habe, hat er eine hervorragende Arbeit geleistet, warum sollte er sich in den letzten Jahren seiner Karriere so etwas erlauben? Außerdem, denke ich, wäre es bekannt geworden." Der Kapitän hielt diese Geschichte für nicht mehr, als was es war, ein Gerücht.

„Ist es ja auch, Käpt'n. Wie würde ich denn sonst davon erfahren haben? Kapitän Berger war sowieso schon immer eher zurückhaltend. Die letzten Wochen, die er hier an Bord war, hatte er sich allerdings oft in seiner Kabine aufgehalten. Das war auch dem Arzt bekannt." Das alles kam Kapitän Andersen reichlich an den Haaren herbeigezogen vor. Er selbst hatte

Kapitän Berger bei einem Treffen der Reederei kennengelernt. Da er ein gutes Gespür für Menschen hatte, vertraute er lieber auf dieses Gefühl, statt einer komplett unwahrscheinlichen Geschichte Glauben zu schenken, die vermutlich über zig Personen schließlich Elise Kallert erreicht hatte. Sie war fertig mit ihrem Werk und legte Schere und Kamm zur Seite. Der Kapitän war angenehm überrascht. Seine Frisur hatte selten so gut ausgesehen.

„Und, sieht es aus wie gewünscht?", fragte Elise Kallert.

„Sie haben sich selbst übertroffen, Elise."

„Das höre ich gerne, Käpt'n."

*

„Cassie, warte ich muss kurz mit dir sprechen", hörte Cassandra die Stimme ihrer Schwester, als sie am Abend, nach Schichtende, auf dem Weg zu ihrer Kabine war.

„Ja, was gibt's?" Cassandra sah ihre Schwester abwartend an. Rebecca sah wie immer makellos aus und biss sich eben auf die Lippen.

„Vorsicht, sonst ruinierst du deinen Lippenstift", warnte Cassandra mit einem Grinsen.

„Hör zu, es tut mir leid. Ich wollte gestern Abend nicht so unfreundlich zu dir sein. Die Situation mit unserem Vater überfordert mich einfach mehr, als ich zugeben möchte."

Cassandra wusste, dass es für Rebecca überhaupt nicht leicht war, eine Schwäche oder einen Fehler zuzugeben, daher war ihr klar, wie schwer diese Entschuldigung wog.

„Schon verziehen, Schwesterherz. Mir fällt die Situation ja auch nicht leicht."

„Das merkt man dir nun aber wirklich nicht an", entgegnete Rebecca ehrlich überrascht.

„Ich habe mir vorgenommen, dass ich die Vergangenheit nun einfach abhake und Papa eine Chance gebe. Jeder hat eine Chance und einen Neuanfang verdient, findest du nicht?"

„Im Prinzip schon, ja. Es fällt mir nur einfach schwer, ihm zu verzeihen, dass er Mama und uns so im Stich gelassen hat. Er sagt, er hatte keine Ahnung von ihrer Krankheit, aber das kann ich ihm einfach nicht glauben. Spätestens nach ihrem Tod hätte er bei uns bleiben müssen oder er hätte zumindest das Gespräch mit uns suchen können. Auch wenn er Mama versprechen musste, dass er weiterhin Kapitän der *Diamond Epoque* bleiben würde. Tante Vera hat sich ihr Leben vielleicht auch anders vorgestellt."

„Ich glaube, unsere Tante ist mit ihrem Leben mehr als zufrieden. Sie hätte immer gerne eigene Kinder gehabt und wir waren für sie wie ihre eigenen Töchter. Das hat sie immer gesagt", wandte nun Cassandra ein. Da musste Rebecca ihrer Schwester zustimmen.

„Wir müssen unbedingt Hanna noch Bescheid geben, dass Papa nun hier an Bord ist."

„Das werde ich morgen in der Früh machen, sobald wir in Tallinn angelegt haben", beschloss Rebecca.

„Hast du morgen frei?", fragte Cassandra ihre Schwester.

„Nein, leider nicht. Und du?"

„Ich leider auch nicht. Wir bemalen mit den Kindern Matrjoschka-Figuren. Das wird sicher lustig."

*

Es war Abend und die Passagiere der *Diamond Lady* freuten sich auf das Galadinner. In dem großen, festlich geschmückten Saal der *Diamond Lady* blitzte und funkelte es auf jedem Tisch. Das Licht der gläsernen Kronleuchter tauchte den Saal wie in flüssiges Silber. Die Gäste, vor allem die Damen, hatten sich schick gemacht und in langen, eleganten Roben wurden sie von ihren Ehemännern und Partnern in den Saal geführt. Silke trug ein langes dunkelblaues Kleid. An den Schultern und den Ärmeln war das Kleid komplett aus dunkelblauer Spitze. Gespannt wartete Silke auf Gunthers Reaktion. Umso enttäuschter war sie, als er sie nur kurz musterte, ihre Hand in seine nahm und sie wortlos aus ihrer Kabine begleitete.

„Gunther, du hast noch gar nichts zu dem Kleid gesagt", versuchte es Silke, als sie an ihrem Tisch saßen.

„Welches Kleid?"

„Mein Kleid. Das Kleid, das ich soeben trage."

„Ach so. Äh, es steht dir, Liebling. Wirklich sehr schön." Gunther prostete ihr kurz zu und leerte dann sein Glas Prosecco mit einem Schluck. Silke betrachtete ihren Mann gekränkt. Gunther schien zu merken, dass etwas nicht stimmte.

„Silke, du siehst großartig aus, das meine ich ernst. Ich war vorhin einfach in Gedanken." Bevor Silke darauf etwas sagen konnte, gab es eine Ansprache von

Kapitän Andersen. Silke musste sich auf ihrem Stuhl ein bisschen drehen, damit sie einen Blick zu dem Kapitän werfen konnte. Kapitän Andersen war ein gut aussehender, dunkelhaariger Mann vermutlich Ende fünfzig. Die schmucke Galauniform stand ihm außergewöhnlich gut und betonte seine breiten Schultern.

„Liebe Gäste, ich möchte den Moment nutzen und Sie noch einmal offiziell ganz herzlich willkommen heißen auf der *Diamond Lady*. Für mich ist es die erste Reise als Kapitän auf diesem Schiff und ich bin froh, dass diese Reise uns in die Ostsee führt. Es warten mit Tallinn, St. Petersburg, Helsinki und Stockholm wunderschöne Reiseziele auf uns. Nichtsdestotrotz hoffe ich, Sie hatten heute einen erholsamen Tag auf See. Ich möchte mich kurzfassen und wünsche Ihnen allen einen guten Appetit."

Auf silbernen Tabletts wurde das Essen von den Kellnern in den Saal gebracht. Silke konnte sich nicht erinnern, wann sie einen besser zubereiteten Fisch gegessen hatte. Selbst Gunther wirkte glücklich und entspannt.

„Hat es Ihnen geschmeckt?", fragte der Kellner, als er die Teller abräumte.

„Es war hervorragend", sagte Gunther begeistert.

„Vielen Dank, das gebe ich gerne so weiter."

Silke verließ nach dem Essen den Saal, um sich frisch zu machen. Vielleicht musste sich Gunther wirklich erst an das Schiff gewöhnen und die kommenden Tage würden für ihn und dadurch auch für sie selbst erholsamer und schöner werden, dachte sich Silke, als sie auf dem Rückweg in den Festsaal war. Plötzlich schien das Schiff zu schwanken. Silke hielt sich kurz an der Tür, die in den Saal führte, fest. Alle anderen Passagiere schienen das Schwanken nicht gespürt zu haben. Alle Gäste in Silkes Nähe lächelten glücklich. Dann hatte sie es sich wohl nur eingebildet. Alles gut, sagte sich Silke, lass dir Zeit. Sie atmete mehrmals tief durch und schon verschwand das mulmige Gefühl wieder ein wenig. Silke wollte ihren Weg zurück zu ihrem Tisch fortsetzen. Doch, nachdem sie einen Schritt gemacht hatte, blieb sie unvermittelt stehen. Musste sie sich eher rechts oder links halten? Sie wusste nicht mehr sicher, wo sich ihr Tisch befand. Das Licht in dem Saal wurde von allen hellen Flächen gespiegelt und ließ vieles ähnlich aussehen und machte es für Silke schwer, sich zu orientieren.

„Kann ich Ihnen helfen?", hörte Silke neben sich eine angenehme Stimme. Sie drehte sich nach rechts und sah Kapitän Andersen, der sie aufmerksam musterte.

„Wenn es Ihnen keine Umstände macht, ich weiß nicht mehr, wo sich mein Tisch befindet. Mir ist ein bisschen schwindlig."

„Nehmen Sie meinen Arm. Zusammen werden wir Ihren Tisch schon finden."

„Das ist sehr nett von Ihnen. Mein Mann wird sich schon wundern, wo ich bleibe. Wir hatten einen Zweiertisch, neben einer der großen Säulen." Kapitän Andersen hielt nach dem beschriebenen Tisch Ausschau.

„Silke!", rief da schon ein aufgebrachter Herr in einem grauen Anzug. Offensichtlich der Ehemann der Dame. Der Kapitän führte Silke in die Richtung des Mannes, der von seinem Platz aufgestanden war. Silke setzte sich und spürte sofort, wie das mulmige Gefühl nun gänzlich nachließ.

„Vielen Dank für Ihre Hilfe", sagte Silke an Kapitän Andersen gewandt. Bevor dieser antworten konnte, meldete sich Gunther zu Wort.

„Wo warst du, Silke?! Ich dachte, du wolltest dich nur kurz frisch machen, aber du warst fast fünfzehn Minuten weg. Ich habe mir Sorgen um dich gemacht."

„Ich wusste nicht, dass du die Zeit stoppst, bis ich wieder zurück bin, Gunther. Mir war etwas unwohl und ich hatte Schwierigkeiten, den Tisch zu finden."

„Glaubst du nicht, der Kapitän hat etwas Besseres zu tun, als dich durchs Schiff zu führen?!", entfuhr es Gunther. Kapitän Andersen sah zu dem aufgebrachten Ehemann. Er vermutete, dass aus ihm nur die Sorge um seine Frau sprach, doch ein Blick in Silkes Gesicht verriet ihm, dass ihr Mann zu weit gegangen war. Silke biss sich auf die Lippen, ob aus Wut, Kummer oder Verlegenheit, konnte der Kapitän nicht sagen.

„Ich habe in der Tat nichts Besseres zu tun", begann der Kapitän und benutzte dieselben Worte wie der Herr ihm gegenüber, „und es ist mir eine Freude, wenn ich helfen kann. Darf ich Sie morgen Vormittag, vor dem Anlegen in Tallinn, auf die Brücke einladen? Viele Gäste finden den Ausblick aus unserer Kommandozentrale recht interessant."

„Wenn wir Ihnen keine Umstände machen, sehr gerne", sagte Silke.

„Dann bräuchte ich bloß noch Ihre Namen, damit ich dies notieren kann."

„Ich heiße Silke Weinrich und das ist mein Mann Gunther Weinrich. Diese Reise ist unsere erste Kreuzfahrt."

„Dann freut es mich umso mehr, Sie morgen gegen neun bei uns auf der Brücke begrüßen zu können. Kommen Sie einfach auf Deck 10 und warten Sie beim Fahrstuhl. Ich hole Sie ab."

*

Gunther sah fasziniert auf den Horizont. In einiger Entfernung zeichneten sich bereits erste Umrisse ab. Das war sicher Tallinn. Das blaugraue Wasser vor dem Schiff schien jungfräulich still vor dem Bug des Schiffes zu liegen. Möwen flogen an dem blauen, wolkenlosen Himmel dahin.

„Gewöhnt man sich jemals daran, oder ist es für Sie jedes Mal aufs Neue etwas Besonderes in einem Hafen vor Anker zu gehen?", fragte Gunther an den Kapitän gewandt.

„Für mich ist es tatsächlich jedes Mal ein besonderer Moment. Wenn ich in einem Hafen selbst noch nie mit einem Schiff angelegt habe, kommt auch noch eine Spur Nervenkitzel dazu."

Kapitän Andersen zeigte den Weinrichs die verschiedenen Geräte, erklärte ihnen rudimentär, auf was geachtet werden musste, wenn die *Diamond Lady* an- und wieder ablegte. Er beschrieb ihnen seinen Tagesablauf und schilderte ihnen seinen Werdegang als Kapitän. Von den Brückennocks, die bei der *Diamond Lady* ebenfalls komplett verglast waren, konnten die Weinrichs entlang des mächtigen Schiffes blicken. An einer Stelle in den Brückennocks war selbst der Boden aus Glas, sodass man von hier hinab bis auf die Wasseroberfläche blicken konnte. Gunther Weinrich blühte sichtlich auf. Er stellte dem Kapitän viele Fragen und sah sich die einzelnen technischen Geräte genau an. Silke beobachtete dies mit Vergnügen. Gestern Abend, als sie in ihrer Kabine waren, hatte Gunther sie alle paar Minuten gefragt, wie es ihr ging. Silke hoffte, dass sich Gunthers Beschützerinstinkt in den nächsten Tagen wieder auf ein normales Maß reduzierte. Es wäre kaum auszumalen für sie, wenn dies ein dauerhafter Zustand bleiben würde. Nicht nur sie konnte die Reise so nicht genießen, auch Gunther würde keinen entspannenden Moment erleben können, da er ständig in Sorge um sie wäre. Sie wollte ihren alten Ehemann zurück. Ihren lieben, fest in sich ruhenden und manchmal vielleicht auch etwas gemächlichen Ehemann, der sich für alles Technische begeistern konnte, wie eben in diesem Moment. Umso dankbarer war sie Kapitän Andersen, dass er diesen kurzen Ausflug auf die Brücke möglich gemacht hatte.

„Ich danke Ihnen, Kapitän Andersen", sagte Silke in einem ruhigen Moment, als ihr Mann gerade mit einem blonden Offizier im Gespräch war.

„Sehr gerne. Ich sehe, Ihr Mann ist äußerst interessiert."

„Er liebt alles Technische und für Schiffe hat er sich schon immer begeistern können. In letzter Zeit ist er nur leider zu oft in Sorge um mich, daher kann er nichts mehr so recht genießen."

„Das schien mir gestern ebenfalls so. Darf ich fragen, Frau Weinrich, wieso ist Ihr Mann denn so besorgt?"

„Ich hatte vor einiger Zeit einen Unfall. Ich war mit dem Fahrrad unterwegs, ein Autofahrer hat mich übersehen und mich angefahren."

„Das tut mir leid", sagte Kapitän Andersen ernst.

„Vielen Dank. Aber es wird mit jedem Tag besser. Doch hin und wieder leide ich noch unter den Spätfolgen des Unfalls. Dann habe ich Schwierigkeiten, mich zu orientieren oder mir wird schwindlig. Aber wie gesagt, ich mache Tag für Tag Fortschritte und die Ärzte sind inzwischen ebenfalls sehr zufrieden."

Der Kapitän nickte. „Das freut mich für Sie. Und als Neustart haben Sie dann diese Reise geplant?"

„Genauso ist es", erwiderte Silke Weinrich lächelnd.

Silke und Gunther Weinrich verließen die Brücke, kurz bevor der Lotse aus Tallinn zu den Offizieren und dem Kapitän stieß, um beim Einfahren in den Hafen und Anlegen der *Diamond Lady* zu assistieren.

Der Vize-Kapitän Christian Roth sah den Weinrichs verblüfft nach. Er konnte sich nicht daran erinnern, wann zuletzt Passagiere auf der Brücke gewesen waren. Kapitän Berger hatte dies noch nie gerne gesehen, doch es war in der Vergangenheit schon einmal vorgekommen. Der Zwischenfall hatte Kapitän Berger verändert und mit ihm den Staff-Kapitän und den ersten Offizier. Christian Roth sah zu seinem Kollegen Peer Ehrenberg. Ihm war vor Erstaunen kurz der Mund offen stehen geblieben, als er die Passagiere auf der Brücke gesehen hatte. Der Staff-Kapitän wusste, dass sein Kollege Peer, ebenso wie er selbst, gerne die alten Zeiten vor dem Zwischenfall zurückhaben würde. Eine Zeit, als auf der Brücke gelacht wurde, als ein freundliches und kameradschaftliches

Miteinander herrschte. Als Kapitän Berger noch ein ausgeglichener, ein offenherziger Mensch gewesen war. Nach dem Zwischenfall hatte unter den drei ranghöchsten Männern auf der Brücke Schweigen, stumme Akzeptanz und Heimlichtuerei geherrscht. Keine Arbeitsumgebung, die es einem leicht machte, der täglichen Beschäftigung nachzugehen und diese zur Zufriedenheit aller zu erledigen. Der Vize-Kapitän hatte versucht, die anderen Offiziere so gut es ging, aus der Sache rauszuhalten. Christian Roth wusste, dass Peer genauso wie er selbst hoffte, dass mit dem neuen Kapitän Andersen diese Zeiten der Anspannung nun endlich vorbei waren. Doch sie waren beide noch zögerlich in ihrem Hoffen. Der Kapitän begrüßte den Lotsen aus Tallinn auf der Brücke und hielt danach die Durchsage zum ersten Halt während dieser Reise.

„Liebe Gäste, wir erreichen in Kürze Tallinn, die Hauptstadt von Estland. Tallinn ist bekannt für den historischen, sehr gut erhaltenen Stadtkern. Sehen Sie sich bei einer Stadtbesichtigung die romantischen Straßen und Gassen, die malerischen Kirchen und die gotischen Keller an. Im Zentrum der Altstadt finden Sie das spätgotische Rathaus. Vom vierundsechzig Meter hohen Rathausturm haben Sie einen traumhaften Ausblick auf den Hafen. Zu den Sehenswürdigkeiten Tallinns gehören die Alexander-Newski-Kathedrale und der Palast in Kadriorg von Peter dem Großen. Der Palast ist vom Stadtzentrum aus bequem zu erreichen. Für Ihren Ausflug nach Tallinn haben Sie herrliches, sonniges Wetter. Wir wünschen Ihnen einen gelungenen Landgang mit zahlreichen Fotomotiven." Kapitän

Andersen hatte eine angenehme Stimme und wiederholte die Durchsage auf Englisch und Italienisch, wie es in der Reederei üblich war. Das Anlegen funktionierte problemlos. Es war schon ein paar Jahre her, seit Kapitän Andersen in Tallinn gewesen war und da er frei hatte, beschloss er, an Land zu gehen. Vielleicht hatte er Glück und eine seiner Töchter hatte ebenfalls frei.

*

Nachdem er in seiner Kabine gewesen war, traf Kapitän Andersen auf Cassandra. Sie hatte leider keine Zeit, daher suchte er seine älteste Tochter in ihrem Büro auf.

„Rebecca, hast du frei und möchtest mit mir die Stadt erkunden?“

„Nein“, kam die Antwort rüde zurück. Der Kapitän sah etwas betrübt zu seiner Tochter.

„Kein Problem. Ich bin auch schon weg.“ Rebecca sah bei diesen Worten von ihrer Arbeit auf.

„So hatte ich es nicht gemeint. Also, nein, ich kann nicht mit, weil ich arbeiten muss, aber ein andermal gerne.“

„Ah, in Ordnung. Ich freue mich, wenn es ein andermal klappt. Bis dann.“ Kapitän Andersen war positiv gestimmt und machte sich auf den Weg.

Rebecca griff wenig später nach dem Telefon, um ihre Schwester Hanna anzurufen. Bereits beim zweiten Klingeln ging sie ran. Sie klang müde.

„Hey Rebecca, schön von dir zu hören, wo bist du denn gerade?“

„Wir haben eben in Tallinn angelegt. Hör zu, ich wollte dir nur Bescheid geben, dass Vater jetzt ebenfalls auf der *Diamond Lady* ist."

„Das hat er mir schon erzählt, aber trotzdem lieben ...", weiter kam Hanna nicht.

„Was?! Wann hat er dir Bescheid gesagt?"

„Kurz bevor er zu euch aufs Schiff gekommen ist, ich denke, so etwa vor zwei, drei Tagen." Rebecca war überrascht. Ihr Vater teilte sonst niemandem etwas mit, so hatte sie ihn zumindest eingeschätzt. Vielleicht hatte er sich in den vergangenen Jahren doch ein bisschen geändert, aber sie würde erst noch abwarten.

„Rebecca? Bist du noch dran?"

„Ja, ich bin noch dran. Ich bin froh, dass er es dir selber gesagt hat."

„Ich hatte das Gefühl, er wollte reden. Aber leider hatte ich nicht viel Zeit für ihn. Er hat in der Früh angerufen und ich musste Sofia in die Schule fahren, weil sie den Bus verpasst hat. Das passiert in letzter Zeit häufiger. Und wie geht es dir und Cassie mit Paps´ Entscheidung?"

„Cassandra sieht es lockerer als ich. Sie will Vater eine Chance geben und ich bin, hm, skeptisch, würde ich sagen. Ich weiß nicht, was ich davon halten soll. Ich finde es ja gar nicht so schlecht, zumal ich mich gerne mit ihm unterhalten möchte. Doch in mir sträubt sich etwas, ihm zu vertrauen. Ich weiß nicht recht. Seine Entscheidung kam einfach für mich zu überraschend. Du kennst mich ja, ich stelle mich gerne zuvor auf neue Situationen ein. Ich habe das Gefühl, dass er mir dazu nie die Gelegenheit lässt."

„Ich weiß. Du planst gerne, deswegen bist du in deinem Job so gut", entgegnete Hanna.

„Danke. Wie geht's eigentlich Sofia?" Rebecca mochte ihre Nichte Sofia sehr gerne. In letzter Zeit hatte das Mädchen aber laut ihrer Mutter Hanna häufig Probleme sich zu konzentrieren und wurde in der Schule immer schlechter.

„Es geht wieder etwas besser, denke ich. Wer weiß, vielleicht ist das schon ein Anzeichen der Pubertät?"

„Mit zwölf? Hm, ich kann mich gar nicht mehr erinnern, wann ich meine schwierige Phase hatte." Rebecca überlegte.

„Hattest du die denn überhaupt? Du warst doch schon immer so wie jetzt, oder?!", kam es von Hanna zurück.

„Kann auch sein." Rebecca und Hanna unterhielten sich noch ein bisschen, bevor Rebecca auflegte. Davor musste sie aber ihrer Schwester versprechen, dass sie sie auf dem Laufenden hielt.

*

Kapitän Andersen schlenderte über das Kopfsteinpflaster durch Tallinns Straßen. Er bummelte durch Geschäfte und Läden, fand ein kleines hübsches Café, wo er sich hinsetzen und die Leute auf der Straße beobachten konnte. Das machte er sehr gerne. Seine Erfahrung hatte ihn gelehrt, dass man Menschen kennenlernte, indem man sie einfach nur beobachtete. Sah, wie sie reagierten und was ihnen Freude bereitete. Dies war auch die Art, wie er seine Kollegen leitete. Er beobachtete die Angestellten bei ihrer Arbeit, sah ihre Motivation und konnte sich dann ein Bild machen und dieses Bild traf in der Regel mehr zu als Lebensläufe und seltsame, gestelzte Anschreiben. Als er den Kaffee ausgetrunken und bezahlt hatte, setzte er seinen Weg fort.

Er wollte auf den Turm des Rathauses steigen und hoffte, von dort einen Blick auf den Hafen zu erhalten. Als der Kapitän an dem Rathaus ankam, traf er auf die Weinrichs.

„Hallo, das ist ja ein Zufall", grüßte er die beiden. Frau Weinrich machte ein unglückliches Gesicht, versuchte aber, als der Kapitän sich ihnen näherte, eine freundliche Miene aufzusetzen. Es misslang.

„Ist alles in Ordnung?", fragte der Kapitän besorgt.

„Gunther möchte nicht, dass ich auf den Rathausturm hinaufsteige. Er meinte, ich wäre noch nicht so weit."

„Silke, das ist doch Wahnsinn. Die Stufen sind irrsinnig schmal und es geht ziemlich steil nach oben. Außerdem hast du dafür die falschen Schuhe an. Und wenn dir schwindlig wird?! Herrgott, Silke, sei doch vernünftig!"

Kapitän Andersen konnte Gunthers Einwände nachvollziehen, doch Silke war eine erwachsene Frau. Wenn sie sich fit genug fühlte, warum nicht?

„Weißt du was, Gunther?! Du hast es geschafft. Ich brauche die Aussicht von dort oben nicht zu sehen." Silke war enttäuscht.

„Lass uns eine Kleinigkeit essen und trinken, Silke. Wir setzen uns dort vorne in das kleine Café und schauen dem Treiben zu. Das ist doch auch schön." Gunther gab sich alle Mühe.

„Ja, machen wir das. Wir wünschen Ihnen noch einen schönen Tag, Kapitän Andersen", sagte Silke.

„Den wünsche ich Ihnen beiden ebenso." Der Kapitän sah den Weinrichs nach. Es war schwer zu sagen, ob Herr Weinrich seine Frau zu sehr behütete oder ob er mit seinen Bedenken richtig lag. Zumindest war Frau Weinrich nicht gerade glücklich. Kapitän Andersen nahm sich vor, auf die beiden ein Auge zu haben. Beim Aufstieg auf den Turm überlegte der Kapitän, ob Silke wirklich Probleme gehabt hätte. Sicher, es war steil und die Steintreppen waren nicht sehr breit, doch wahrscheinlich hätte sie es schon geschafft. Oben erwartete den Kapitän eine phänomenale Aussicht auf den Hafen und auf die *Diamond Lady*, die dort vertäut lag. Im Licht der Mittagssonne hatte das Schiff etwas Erhabenes. Sofort zückte Kapitän Andersen seine Kamera und machte mehrere Fotos von der Aussicht und der *Diamond Lady*. Sein neues Zuhause. Heute lag es in Tallinn, morgen würde es in St. Petersburg liegen und zwei Tage darauf in Helsinki. Und in einem oder zwei Jahren? Wer wusste das schon. Er liebte diese Veränderungen, seit er denken konnte. Und seine verstorbene Frau Christa hatte dies genau gewusst. Hatte sie ihren letzten Wunsch deshalb so formuliert? *Bleib Kapitän der Diamond Epoque, Robert, versprich es mir. Du musst es mir versprechen!* Dies waren ihre letzten Worte an ihn gewesen. Zuerst hatte er schweigen wollen. Wenn er ihr dieses Versprechen gab, ließ er seine Töchter dann nicht im Stich? Eigentlich schon. Doch schließlich gab er Christa sein Versprechen und er hatte es gehalten. An manchen Tagen konnte er sich dies nicht verzeihen. Vielleicht hätte er sich einfach nicht an das Versprechen halten sollen. Doch wo wäre er jetzt und was wäre mit seinen Töchtern? Durch seinen Beruf hatte er ihnen auch alles bieten können. Schlecht verdiente er als Kapitän schließlich nicht.

*

Als der Kapitän das Schiff betrat, traf er auf den Staff-Kapitän.

„Ich muss noch eine Kleinigkeit besorgen“, erklärte der jüngere Mann ihm.

„Ich hoffe, die Zeit reicht Ihnen, in knapp eineinhalb Stunden legen wir ab.“

„Ja, kein Problem. Ich muss nur schnell zu einem Souvenirladen und mir eine Postkarte kaufen.“

„Schreiben Sie an ihre Lieben zu Hause?“, fragte Kapitän Andersen seinen Kollegen.

„Ja, an meine ... Eltern“, sagte der Staff-Kapitän zögernd. „Ich versuche ihr ... ich meine, ich versuche ihnen von jeder Reise mindestens eine Karte zu schicken und von Tallinn habe ich noch nie eine Karte geschickt.“

„Da werden sich ihre Eltern freuen.“

„Ich hoffe es, sie kommen ja nie raus von daheim. Vor allem meine Mam würde gerne einmal verreisen, aber das funktioniert nicht.“ In der Art wie Christian Roth das Wort „Mam“ aussprach, merkte der Kapitän zum ersten Mal, dass der Staff-Kapitän aus dem Süden von Deutschland stammte. Gelesen hatte er es schon in der Personalakte. Einen Dialekt beim Sprechen hatte er bis gerade eben noch nicht wahrgenommen.

„Wieso kann ihre Mutter nicht verreisen?", fragte der Kapitän verwundert.

„Sie möchte meinen Vater und den Hof nicht alleine lassen." Aus der Stimme des jüngeren Mannes, meinte Kapitän Andersen, war eine Spur Verdruss herauszuhören.

„Wo leben Ihre Eltern?"

„In einem kleinen Dorf in Oberbayern, in der Nähe von Garmisch. Ich müsste dann auch los, Käpt'n. Wir sehen uns auf der Brücke." Der Kapitän sah seinem Kollegen kurz nach. Zwei junge Damen an der Rezeption steckten eben die Köpfe zusammen. Kapitän Andersen wartete am Fahrstuhl und konnte hören, was sie sich zuflüsterten.

„Christian ist echt hübsch, findest du nicht auch?", fragte die eine eben.

„Das stimmt", gab die andere schwärmend zu. „Die schwarzen Haare und die dunklen Augen. Er sieht fast aus wie dieser eine Prinz; mir fällt der Name gerade nicht ein. Und nett ist er auch. Letztens ist mir ein Stapel Prospekte umgefallen und er hatte sie schneller aufgehoben, als ich schauen konnte. Ein echter Gentleman."

„Das ist wahr und die blaue Uniform sieht an ihm einfach großartig aus. Denkst du, er ist vergeben?" Zum Glück kam der Fahrstuhl und der Kapitän stieg ein. Er lächelte über diese Schwärmerei, war aber auch froh, dass er nicht mehr jung war. In seinem Alter konnte er alles mit einem gewissen Abstand betrachten.

*

Christian Roth fand schnell einen Souvenirladen. Glücklicherweise verkaufte dieser nicht nur Karten, sondern auch noch die dazu passenden Briefmarken. Zum Schreiben der Postkarte setzte er sich kurz in ein Café. Christian dachte einen Augenblick nach.

Liebe Mam, die letzten Wochen habe ich mich nicht bei dir gemeldet. Die D. Lady hatte einen Werftaufenthalt. Einiges ist neu und es gab vieles zu tun. Von dem neuen Kapitän wollte er nicht schreiben. *Jetzt sind wir in der Ostsee unterwegs. Heute haben wir in Tallinn angelegt. Das Wetter ist herrlich und ich trinke gerade einen Espresso in der Sonne. Aber ich bin nur für einen kurzen Abstecher in der Stadt. Ich hoffe, die Karte kommt bald bei dir an. Nach Tallin werden wir in den nächsten Tagen in St. Petersburg, Helsinki und Stockholm anlegen. Vielleicht siehst du es ja alles einmal selbst. Ich versuche mich demnächst bei dir zu melden. Ich drück dich ganz fest. Dein Christian.* Nach kurzem Zögern schrieb er dazu.

PS: – Grüß bitte Vadda von mir. Es war nicht leicht für ihn, die Karten nach Hause zu schreiben. Das letzte Mal, als er zu Hause gewesen war, hatten sich er und sein Vater gestritten. Die letzten Worte, bevor er zurück in den Norden Deutschlands gefahren war, hatten sie im Zorn gewechselt.

„Wenn du jetzt nicht bleibst, dann brauchst du gar nicht mehr zurückzukommen!", hatte sein Vater ihn angebrüllt. Christian war gegangen und seitdem hatten er und sein Vater kein Wort mehr miteinander gewechselt. Wenn er zu Hause anrief, nahm immer seine Mutter den Hörer ab. Entweder war der Vater draußen und arbeitete oder er erkannte die Nummer auf dem Display und weigerte sich abzunehmen. Zuzutrauen wäre es ihm. Christian warf die Ansichtskarte in den Postkasten und machte sich auf den Rückweg zum Schiff. Er liebte das Meer, er liebte seinen Beruf, er liebte es, heute hier zu sein und morgen schon ganz woanders. Andere Länder, fremde Kulturen. Er konnte sich nicht vorstellen, dass er sein ganzes Leben an einem Ort verbrachte, doch dies verstand sein Vater nicht. Seine Mutter schon. Ohne ihre Unterstützung wäre er nie so weit gekommen. Nur wenige seiner Kollegen ahnten, dass die Beziehung zwischen Christian und seinem Vater nicht gerade harmonisch war. Der Staff-Kapitän ging die Gangway hinauf. Vielleicht, irgendwann einmal würde sein Vater ihn verstehen. Doch dies war nur eine schwache Hoffnung, das wusste Christian selbst.

„Und? Hast du eine Postkarte gefunden?“, erkundigte sich Peer bei Christian, als dieser wieder auf die Brücke kam.

„Ja, jetzt kann ich Tallinn von meiner Liste streichen.“

„Du führst echt eine Liste darüber, von welchen Orten du Postkarten geschickt hast?“

„Ich habe meiner Mam versprochen, dass ich ihr die ganze Welt in Postkarten schicke“, sagte Christian lächelnd.

„Ich wusste nicht, dass es so eine Art Versprechen von dir ist. Schöne Idee, aber ein bisschen aufwendig, oder?“

„Manchmal schon. Es ist auf jeden Fall praktisch, wenn ich die Briefmarken gleich am Kiosk kaufen kann, wo es auch die Postkarten gibt.“ Sie schwiegen kurz. Die *Diamond Lady* lag noch im Hafen von Tallinn. Doch bald würde sie ablegen.

„Als ich von Bord gegangen bin, habe ich den Kapitän getroffen", berichtete Christian. Peer sah ihn zunächst schweigend an.

„Christian, denkst du, wir sollen dem Käpt'n berichten, warum Kapitän Berger das Schiff so plötzlich, von der einen auf die andere Minute, verlassen hat?"

„Ich weiß es nicht. Dann müssten wir ihm alles sagen und ich möchte meinen Job nicht verlieren, Peer."

„Ich auch nicht. Das hier ist alles, was ich habe", sagte Peer betrübt.

„Außerdem haben wir versucht zu helfen", ergänzte Christian mit Nachdruck. „Wir haben Dr. Cassens Bescheid gegeben und er meinte, wir verhalten uns richtig."

„Ja, aber Dr. Cassens ist fast zeitgleich mit Kapitän Berger gegangen. Frau Dr. Limbeck haben wir nie etwas davon erzählt." Noch ehe sie ein weiteres Wort sprechen konnten, kam ein Kollege auf die Brücke. Die anderen Offiziere sollten nicht in das Dilemma hineingezogen werden, dies hatten Christian und Peer so entschieden. Natürlich war den anderen Offizieren nicht entgangen, dass sich Kapitän Berger die letzten zwei Monate seines Dienstes nur selten auf der Brücke aufgehalten hatte. Doch keiner von ihnen wusste, dass der Kapitän auch nicht auf den verschiedenen Decks der *Diamond Lady* unterwegs gewesen war, um sich um die Gäste zu kümmern, sondern die meiste Zeit in seiner Kabine verbracht hatte. Dies und in welcher Verfassung er sich vermutlich befunden hatte, das hatten nur Peer Ehrenberg und Christian Roth ahnen können. Mit jedem neuen Tag waren ihre Hoffnungen, dass sich die Situation besserte, enttäuscht worden.

*

Kapitän Andersen war auf dem Weg zur Brücke, als ihm Silke Weinrich auf dem Promenadendeck über den Weg lief. Es ging ein leichter, aber warmer Wind und viele Leute kehrten vom Landausflug zurück.

„Frau Weinrich, hatten Sie noch einen schönen Ausflug?"

Der Kapitän bemerkte, dass er Silke aus ihren Gedanken gerissen zu haben schien. Sie sah ihn kurz irritiert an, bevor sie antwortete.

„Verzeihen Sie, Kapitän, ich war eben in Gedanken. Ja, es war ein recht angenehmer Ausflug." Sie war stehen geblieben und blickte nun aufs Meer.

„Sie wirken bedrückt", stellte Kapitän Andersen fest.

„Vielleicht bin ich es auch, ich weiß nicht recht." Silke blickte in die Ferne. „Gunther findet, ich habe mich verändert, doch ich selbst merke keine große Veränderung. Der Unfall kommt mir manchmal so weit weg vor, als wäre er vor ewigen Zeiten passiert. Nur durch Gunther werde ich daran erinnert, dass es erst vor kurzem geschehen ist. Ich bin froh, dass ich meinen Mann habe, aber manchmal frage ich mich, ob es zu viel verlangt ist, wenn ich einfach nur vergessen möchte. Ich möchte aufwachen, ohne mich von ihm daran erinnern zu lassen, was war. Ich möchte jeden Tag neu beginnen und sehen, wohin er mich trägt." Silke Weinrich wandte ihren Blick vom Horizont ab und sah den Kapitän an. „Ich bin selbstsüchtig, ich sollte mich freuen, dass mein Mann sich so um mich kümmert."

„Sprechen Sie mit ihm, sagen Sie ihm, dass Sie sich von ihm eingeengt fühlen und dass Sie die Ereignisse der Vergangenheit nun hinter sich lassen möchten", riet ihr Kapitän Andersen. „Er weiß wahrscheinlich gar nicht, wie es in Ihnen aussieht. Wenn Sie es ihm nicht sagen, wird das Missverständnis zwischen Ihnen noch größer. Und ich kann Ihnen sagen, je größer die unausgesprochenen Gefühle zwischen Ihnen sind, desto schwerer wird es für Sie beide wieder zueinanderzufinden."

„Sprechen Sie aus eigener Erfahrung, Kapitän Andersen?", fragte Silke ihn. Als er nicht gleich antwortete, fügte sie hinzu: „Sie müssen nicht antworten, es geht mich auch wirklich nichts an."

„Ich würde Ihnen gerne davon erzählen, aber ich wüsste gar nicht, wo ich anfangen soll. Um es kurz zu machen, ich habe meine Frau vor vielen Jahren verloren und mit ihr damals auch die Verbundenheit zu meinen Töchtern. Ich habe mich viele Jahre lang hinter der Aussage versteckt, ich würde meine Arbeit nur für meine Familie so zielstrebig verfolgen. Doch das war nicht die ganze Wahrheit und dies ist mir erst vor wenigen Wochen bewusst geworden. Es war damals für mich der leichtere Weg. Es war der einzige Weg, zu dem ich mich im Stande gesehen habe, ihn gehen zu können. Inzwischen sind meine Töchter erwachsen und ich bin für sie eigentlich ein Fremder. Zwischen uns gibt es vieles, was nicht gesagt wurde und aber auch einiges, das gesagt wurde und nicht mehr zurückgenommen werden kann."

„Dann sollten Sie mit Ihren Töchtern reden und versuchen, sich ihnen zu erklären."

„Das sollte ich wirklich", stimmte Kapitän Andersen zu.

„Sie haben recht, Kapitän, ich werde meinen Mann suchen und mit ihm reden."

„Viel Glück."

„Das wünsche ich Ihnen ebenso, Kapitän Andersen."

*

Kapitän Andersen betrat die Brücke.

„Herr Ehrenberg, Herr Roth war etwas Besonderes während des Landgangs?", fragte der Kapitän.

„Nein, keine Vorkommnisse, Käpt'n. Vorhin haben wir eine Meldung bekommen, dass wir warten müssen, bis die *Equador Prince* ablegt. Dies sollte aber für unseren Zeitplan kein Problem werden", sagte der Vize-Kapitän.

Wenig später legte die *Diamond Lady* pünktlich ab. Peer Ehrenberg war froh, als seine Schicht zu Ende war. Er verabschiedete sich und verließ die Brücke. Seine rechte Schulter schmerzte schon seit einer geraumen Zeit. Tja, du musstest in der Vergangenheit ja unbedingt versuchen, als Zehnkämpfer Karriere zu machen, dachte sich Peer bitter. Seine Kabine lag weiter unten im Schiff, anders als die Kabinen des Kapitäns und des Staff-Kapitäns. Peers Büro allerdings und die Station, über die im Falle eines Notfalles ebenfalls das Schiff gesteuert werden konnte, lagen auf demselben Deck wie die Brücke. Peer drückte auf den Liftknopf. Wie immer brauchte der Fahrstuhl eine gefühlte Ewigkeit.

„Alles in Ordnung mit Ihnen?“, hörte er plötzlich die Stimme des Kapitäns hinter sich.

„Wie bitte?“

„Sie schienen vorhin schon so, als wären Sie in Gedanken. Ist alles in Ordnung?“, fragte der Kapitän freundlich.

„Ja, alles okay, Käpt'n.“

Rebeccas Bürotür schräg gegenüber dem Aufzug ging eben auf und Frank Ehring und Rebecca traten auf den Gang. Rebecca schien ebenfalls Feierabend zu machen.

„Wann meinst du, wäre es günstig, die neuen Pläne umzusetzen?“, fragte Rebecca an Frank gewandt und schloss ihre Bürotür ab.

„Ich denke, erst ab der nächsten Reise. Dann können wir alles herrichten. Ich wünsche dir einen schönen Abend, Rebecca.“

„Ich dir auch, Frank. Bis morgen.“

„Robert, hättest du Zeit, dass wir uns einmal unterhalten?“, fragte Frank an den Kapitän gewandt.

„Sicher, sag Bescheid, wann es dir am besten passt“, sagte Kapitän Andersen ausweichend.

„Das mache ich“, erwiderte Frank gut gelaunt. Er nickte Peer freundlich zu und ging in Richtung seines Büros davon.

Rebecca grüßte Peer und ihren Vater und wirkte etwas angespannt.

„Bis der Fahrstuhl kommt, haben wir St. Petersburg erreicht“, sagte Peer mit einem schiefen Grinsen.

Rebecca lachte und der Kapitän sah überrascht zu ihr. Rebeccas Lachen hatte Seltenheitswert. Umso mehr brachte es ihn etwas aus der Fassung, wenn er es hörte, denn es erinnerte ihn an Christas Lachen. Der Kapitän war noch immer in Gedanken, als der Fahrstuhl inzwischen kam und Peer und Rebecca eingestiegen waren. Sie verabschiedeten sich von ihm.

„Er ist ganz nett“, sagte Peer, als sich die Türen geschlossen hatten und der Lift nach unten fuhr.

„Wer?“, fragte Rebecca überrascht.

„Dein Vater, er ist ganz nett. Die Offiziere auf der Brücke, mich eingeschlossen, sind bis jetzt sehr zufrieden und überrascht. Heute am frühen Vormittag hat er erlaubt, dass zwei Passagiere auf die Brücke kommen. Das ganze Klima, einfach alles läuft besser, wenn er da ist und das schon nach den wenigen Tagen an Bord.“ Rebecca hatte Peer schweigend gelauscht. Sie konnte es nicht ganz glauben. Sie hatte immer gedacht, dass er seinen Job so machte, wie er sich auch um die Familie gekümmert hatte, mit Desinteresse. Warum sie das gedacht hatte, wusste sie gar nicht. Vielleicht weil sie ihren Vater gar nicht anders kannte? Kannte sie ihn denn überhaupt?

„Becca? Alles in Ordnung?“, fragte Peer und sah sie aufmerksam an.

„Ja. Ich war nur schon wieder in Gedanken. Es fällt mir schwer zu glauben, dass es mein Vater ist, von dem du da erzählst. Ich habe ihn mir als Kapitän immer anders vorgestellt. Desinteressiert und ernst.“ Der Fahrstuhl war auf dem Crewdeck angekommen, wo sich die meisten Kabinen der Crew, auch die von Peer und Rebecca, befanden. Sie stiegen aus.

„Desinteressiert ist er nun wirklich nicht. Im Gegenteil, er ist sehr aufmerksam, scheint die Stimmungen der Besatzung und die der Passagiere genau mitzubekommen und geht darauf ein. Ganz anders als ...", begann Peer, biss sich dann aber auf die Lippen.

„Als Kapitän Berger, das wolltest du doch sagen, oder? Warum ist er so plötzlich gegangen, Peer? Du weißt doch etwas darüber! Hat er einen Fehler gemacht?"

„Ich weiß es nicht genau, Becca. Mir tut die Schulter weh, ich gehe in meine Kabine."

„Du weichst mir aus."

„Das mache ich nicht, ich möchte dich nur nicht mit Gerüchten belasten, die sich dann sowieso als unwahr herausstellen." Das war eine Lüge und Peer fühlte sich mehr als schlecht dabei. Rebecca sah Peer nach, der zu seiner Kabine ging. Dann zuckte sie die Schultern und öffnete die Tür zu ihrem kleinen Reich auf der *Diamond Lady*.

*

„Silke, ich verstehe nicht, was du meinst." Gunther und Silke saßen in der *Kristall-Bar* auf dem Lidodeck.

„Ich möchte nicht mehr an den Unfall denken, Gunther, und ich bitte dich, dass du es mir nicht so schwer machst." Silke hatte bereits zu Beginn des Gesprächs gemerkt, dass ihr Mann sie nicht verstand.

„Du glaubst, ich möchte, dass du dich ständig an den Unfall erinnerst? Da täuschst du dich aber, Silke! Nichts würde ich lieber, als den Unfall und die Zeit im Krankenhaus zu vergessen, aber das kann ich nicht.

Weißt du, wie viele Ängste ich ausgestanden habe und wie viel Angst ich auch noch jetzt um dich habe?! Ich kann nicht einfach einen Schalter umlegen und alle Ängste sind weg!", entgegnete Gunther frustriert.

„Das verlange ich doch auch nicht von dir, aber du machst es uns unmöglich, dass wir diese Reise genießen, merkst du das denn nicht?! Deine Sorgen um mich verhindern, dass die Ausflüge eine Erholung für uns beide werden." Silke ergriff die Hand ihres Mannes, doch er zog sie ärgerlich weg. Nein, entgegen dem, was sie dem Kapitän gesagt hatte, beschloss Silke, nicht noch weiter zu gehen. Sonst würde sie mit Gunther hier auf dem Schiff streiten und das wollte sie nicht.

„Ich kann ja verstehen, dass du dir Sorgen machst, Gunther", begann Silke und versuchte einen Kompromiss zu finden. „Alles nur weil du mich liebst! Aber ich brauche einfach ein bisschen mehr Freiraum und ich möchte doch, dass dir diese Reise ebenso gefällt und eine Erholung für dich ist."

Gunther sah Silke betrübt an, dann nahm er ihre Hand.

„Vielleicht habe ich es heute ein bisschen übertrieben mit meiner Vorsicht. Ich versuche mich zu bessern, Silke. Morgen in St. Petersburg werde ich mich zusammennehmen und dich nicht zu sehr bemuttern." Gunther strich ihr mit dem Daumen über den Handrücken. Silke war nicht überzeugt, sie war lange genug mit Gunther verheiratet und sie sah, dass er genau wie sie nicht streiten wollte. Aber vielleicht war die Zeit auf ihrer Seite. Sie musste Gunther nur beweisen, wie gut es ihr ging, dann wären seine Sorgen unbegründet.

*

Rebecca hatte sich geduscht und saß auf ihrem Bett. Sie war froh, dass sie eine Kabine für sich hatte. Selbst das Bad musste sie mit niemandem teilen. Dies hatte sie ihrer hohen Position an Bord zu verdanken. Ihre Kabine befand sich nicht wie die von Frank Ehring auf Deck 10, wo sich auch die Brücke befand, aber das störte Rebecca nicht weiter. Im Gegenteil, hier weiter unten im Schiff hatte sie zumindest einen kleinen Abstand. Nun da ihr Vater auf der *Diamond Lady* war, nahm sie diesen Abstand noch dankbarer wahr als auf den Reisen zuvor. Vielleicht sollte sie mit ihrer Tante Vera telefonieren. Rebecca fuhr sich durch die langen Haare, die noch feucht vom Duschen waren. Tat sie ihrem Vater unrecht? Auch wenn er seiner Frau das Versprechen gegeben hatte, dass er nach ihrem Tod seinen Traumberuf weiter ausüben würde, hätte er doch versuchen können, beides unter einen Hut zu bekommen: Seine Töchter und die Anforderung, die der Beruf eines Kapitäns mit sich brachte. Wäre dies zu viel verlangt gewesen? Natürlich hatte der Vater seine Töchter hin und wieder besucht. Aber er hatte nicht jeden Urlaub bei ihnen verbracht. Dies hätte seine Frau sicher von ihm erwartet, als sie ihm ihren letzten Wunsch mitgeteilt hatte. Rebecca war der Meinung, ihr Vater hatte sich vor der Verantwortung gedrückt und sich damals falsch verhalten. Was half es denn ihr und ihren Schwestern, wenn er sich jetzt geändert hatte? Sie waren inzwischen erwachsen. Ein bisschen beneidete sie Peer, sie hätte ihren Vater gerne auch nur als Kapitän der *Diamond Lady* kennengelernt. Das würde die Situation jetzt bedeutend leichter machen. Sie musste unbedingt mit ihrer Tante telefonieren!

Und Peer? Er verschwieg etwas vor ihr. Das spürte sie, doch sie wollte ihn nicht drängen. Sie durfte ihn nicht drängen.

*

Die *Diamond Lady* näherte sich dem Hafen von St. Petersburg. Russland präsentierte sich von seiner diesigen Seite. Die Wolken und der Himmel waren grau in grau und drückten auf die Stadt.

„Liebe Gäste, in Kürze erreichen wir St. Petersburg. St. Petersburg ist nach Moskau die zweitgrößte Stadt Russlands und die viertgrößte Stadt Europas. Sie liegt an der Mündung der Newa und zahlreiche Brücken verbinden die verschiedenen Stadtteile. St. Petersburg wurde von Peter dem Großen gegründet und ist durch die Lage an der Ostsee ein wichtiger Handelspunkt. Mit den Adelspalästen, prunkvollen Plätzen, Kirchen und der imposanten Isaakskathedrale, die nebenbei bemerkt einer der größten sakralen Kuppelbauten der Welt ist, bieten sich Ihnen viele herrliche Urlaubseindrücke. Das Wetter wird hoffentlich im Laufe des Tages aufklaren. Wir wünschen Ihnen viel Spaß auf Ihrem Ausflug durch die Gassen und über die Brücken von St. Petersburg. All unseren Gästen, die

Karten für das russische Ballett haben, wünschen wir einen wunderschönen kulturellen Abend."

Wenig später kam der Lotse an Bord. Kapitän Andersen kannte ihn gut von seinen letzten Aufenthalten in St. Petersburg mit der *Diamond Epoque.*

„Robert", grüßte ihn der Mann überrascht. „Seit wann bist du auf der *Diamond Lady*?"

„Hallo Akim. Dies ist meine erste Fahrt. Es war Zeit für eine kleine Veränderung. Wie geht's der Familie?"

„Sehr gut. Nadja heiratet kommendes Wochenende. Die Frauen sind alle schon ganz aus dem Häuschen."

„Und du bleibst entspannt?"

„Wenn mein kleines Mädchen heiratet? Frag mich etwas Leichteres. Ich kann mich nicht erinnern, dass ich so nervös war, als mein Sohn geheiratet hat. Aber es wird schon werden." Der Kapitän dachte an seine Töchter. Nur Hanna war bis jetzt verheiratet. Sie hatte ihren Jugendfreund geehelicht, als die gemeinsame Tochter vier Jahre alt war. Cassandra war seiner Meinung nach sowieso noch zu jung mit Mitte zwanzig und Rebecca - sie schien mit ihrem Job genug ausgelastet und zufrieden zu sein. Zumindest hatte er nie gehört oder von seiner Schwester Vera erzählt bekommen, sie hätte einen festen Freund - oder auch eine Freundin. Dem Kapitän war es gleich, Hauptsache seine Mädchen waren glücklich. Das Anlegen der *Diamond Lady* erfolgte problemlos. Akim verabschiedete sich.

„Wir sehen uns morgen."

„Dann bis morgen", verabschiedete sich der Kapitän. Sein Vize Christian Roth kehrte eben auf die Brücke zurück. Der Kapitän beschloss, seine Töchter zu besuchen, vielleicht hatte eine von ihnen Zeit für ein gemeinsames Essen. Falls nicht, würde er seiner Freundin Dr. Marga Limbeck einen Besuch abstatten. Bis morgen, später Nachmittag, würde das Schiff im Hafen liegen. Viele Passagiere nutzten die Gelegenheit des zweitägigen Aufenthaltes und besuchten das Ballett, darunter auch die Weinrichs.

Rebecca war eben in einer Besprechung mit ihren Kolleginnen und Kollegen. Da sie als Hotelmanagerin für weit über hundert Angestellte zuständig war, war Kommunikation mit den Teamleitern die oberste Prämisse. Rebecca war stets bemüht, immer ein offenes Ohr zu haben, sie war in ständiger Bereitschaft. Oft konnte man sie in ihrem Büro antreffen, doch sie war auch viel auf dem Schiff unterwegs, um mit den Angestellten direkt zu sprechen. Der persönliche Kontakt war wichtig. Ihre Präsenz bei den Passagieren war dabei nicht ganz so erforderlich wie bei Frank Ehring. Er war es, der jeden Tag das Ausflugsprogramm beschrieb und über Änderungen und Neuerungen informierte, die stets freundliche, gutgelaunte Stimme aus den Lautsprechern. Rebecca war mit ihrem Job sehr zufrieden und sie hätte nicht mit Frank tauschen mögen. Während der Besprechung klopfte es an ihre Tür. Ihr Vater schaute nur kurz herein und als er sah, dass sie eine Besprechung hatte, sagte er: „Ich wollte nicht stören, Verzeihung."

„Eilt es denn?", fragte Rebecca freundlich.

„Nein, das können wir später auch noch besprechen."

„Gut, ich komme dann bei dir vorbei", sagte Rebecca und wandte sich wieder ihrem Team zu.

Cassandra war ebenso beschäftigt, daher nahm der Kapitän den Fahrstuhl zu Deck 3 und ging direkt ins Bordhospital. Dr. Limbeck saß an ihrem Schreibtisch.

„Störe ich?“, fragte der Kapitän lächelnd.

„Robert, nein, du störst doch nicht. Ich habe sowieso gleich Mittag. Oder besser gesagt“, begann die Ärztin und sah auf ihre Armbanduhr, „habe ich schon seit fünfzehn Minuten Pause.“

„Dann lass uns doch zusammen Mittag machen“, schlug Kapitän Andersen vor.

*

Wenige Minuten darauf saßen sie in der Offiziersmesse.

„Und? Wie gefällt es dir auf deinem neuen Schiff, Käpt'n?“, fragte Marga Limbeck schmunzelnd.

„Ausgesprochen gut, ich fühle mich wohl. Man merkt, dass die *Diamond Lady* zehn Jahre jünger ist, als die *Diamond Epoque*. Und die Kollegen sind alle sehr freundlich.“

„Wie läuft es mit deinen Töchtern und mit Frank?“

Der Kapitän dachte kurz nach, bevor er antwortete. „Eigentlich so, wie ich erwartet hatte. Vielleicht bin ich zu stur, was Frank angeht. Ich kann ihm nicht recht verzeihen, aber gleichzeitig verlange ich von meinen Töchtern, dass wir noch einmal neu anfangen. Ein gutes Beispiel bin ich sicherlich nicht.“ Das hatte er so deutlich noch niemanden mitgeteilt, doch es entsprach der Wahrheit.

„Man hat jeden Moment die Möglichkeit neu zu beginnen, Robert. Das hat mir einmal ein guter Freund gesagt?“

„Wer war das?“

„Du hast das gesagt. Weißt du nicht mehr? Als wir uns damals auf der *Delta Izar* kennengelernt haben.“ Die *Delta Izar* war das Schiff, auf dem Kapitän Andersen die ersten Erfahrungen als Offizier gesammelt hatte. Auf der *Delta Izar* hatte er Frank und Marga kennengelernt. Seine Frau Christa hatte er bereits seit dem Kindergarten gekannt. Schon im Sandkasten hatten sie Piraten oder Wikinger gespielt. Hauptsache, es hatte in ihrer Fantasiegeschichte ein Schiff gegeben und Robert konnte der Kapitän sein. Christa hatte mit Nautik nichts am Hut, doch sie wusste immer, wie viel der Job ihrem Mann bedeutete. Es war seine Berufung! Dr. Limbeck ging es ebenso. Sie liebte das Meer, die Seefahrt. Einen anderen Lebensweg konnte sie sich nun nicht mehr vorstellen. Auch wenn es sich vor vielen Jahren einmal beinahe anders für sie ergeben hätte. Doch dies war Schnee von gestern und Marga dachte nur noch hin und wieder an diese Zeit zurück.

„Marga, darf ich dich etwas fragen? Es hat mit dem vorigen Kapitän Berger zu tun.“

„Sicher, was möchtest du denn wissen?“

„Weißt du, warum er gegangen ist? Und vor allem, wieso so plötzlich? Es scheint, als wäre er bei der letzten Reise im Mittelmeer kurz vor dem Werftaufenthalt der *Diamond Lady* einfach von Bord gegangen. Dies konnte ich aus den Bordprotokollen herauslesen und auch die Reederei hat es mir so geschildert. Ein familiärer Notfall hätte ihn vom Schiff gerufen. Das erscheint mir doch recht ungewöhnlich, dass man dann nicht zumindest kurz in der Mitteilung der Reederei notiert, was es für ein Notfall war. Vor allem, dass es völlig ausgeschlossen war, dass er wieder zurückkommt."

„Die genauen Umstände kann ich dir nicht sagen, Robert. Ich bin ja selbst noch nicht so lange an Bord. Wenn ich genau nachdenke, habe ich ihn in dem einen Monat, in dem wir beide an Bord waren, nicht wirklich häufig gesehen. Das eine Mal, als er sich mir vorgestellt hat, mitgerechnet. Da haben wir uns auch kurz unterhalten. Doch sonst war es nur ein kurzer Gruß am Gang, mehr nicht. Er kam mir recht schweigsam und still vor. Aber nicht unrecht. Bei den wöchentlichen Besprechungen hat er sich von Christian, also von unserem Staff-Kapitän, vertreten lassen."

„Vor ein paar Tagen war ich bei Elise Kallert beim Haareschneiden und sie meinte, Kapitän Berger hatte ein Alkoholproblem und sie hätte zuverlässige Quellen, die dies bestätigen würden." Der Kapitän sah Marga Limbeck abwartend an. Die Schiffsärztin wirkte sehr skeptisch.

„Ich weiß nicht, wie viel Glauben ich dieser Geschichte schenken würde. Nichts gegen Frau Kallert, Robert. Aber ich habe in meinen zwei Monaten, die ich nun hier bin, einiges mitbekommen. Auf diesem Schiff gibt es so viele Gerüchte, das glaubst du nicht. Ich denke kaum, dass auch nur die Hälfte davon wahr ist." Marga dachte kurz nach. Hier herrschte trotz der unterschiedlichen Kulturen und Positionen an Bord in Sachen Klatsch und Gerüchten der Flair eines kleinen Dorfes. Und bei Frau Kallert war einer der Hauptumschlagpunkte für Gerüchte. Der nächste Hotspot für Klatsch und Tratsch waren die Crew-Bar und die Crew-und Offiziersmesse. Wenn dort die richtigen Leute beisammensaßen, wusste es am nächsten Tag fast das ganze Schiff.

„Was wird denn so erzählt?“, fragte der Kapitän interessiert.

„Über die Brücke und die Offiziere ziemlich wenig, die sind recht verschwiegen. Einem Gerücht zufolge gab es eine Auseinandersetzung zwischen dem Staff-Kapitän und dem ersten Offizier. Aber dieses Gerücht, das kann ich dir sagen, ist falsch“, sagte Marga sofort. Der Kapitän musste an den Bericht der Ärztin denken. Er glaubte auch, dass dieses Gerücht definitiv nicht der Wahrheit entsprach. Die zwei Männer kamen gut miteinander aus. Selbst wenn es einmal Probleme zwischen ihnen gegeben hatte, schien dies geklärt und nur noch eine Sache der Vergangenheit zu sein.

„Einem Gerücht zufolge hatte mein Vorgänger ein Verhältnis mit einer Arzthelferin“, fuhr Marga fort. „Er und sie haben das Schiff deswegen gemeinsam verlassen. Ob dies der Wahrheit entspricht, kann ich nicht sagen“, erzählte die Schiffsärztin mit einem Schulterzucken. Das mochte Robert so gerne an Marga. Sie ließ sich nicht so schnell beeindrucken. Sie wartete ab, bewahrte einen kühlen Kopf und urteilte erst, wenn sie genügend Informationen beisammen hatte. Deswegen war sie nicht nur eine gute Freundin von ihm, sondern auch eine der besten Ärztinnen auf See, die er kennengelernt hatte.

„Über dich ist noch kein Gerücht im Umlauf. Zumindest ist mir nichts bekannt", sagte Marga verschmitzt grinsend. Der Kapitän lehnte sich zu ihr.

„Wenn wir öfter gemeinsam Mittag machen, wird bestimmt der ein oder andere tratschen."

„Das stört mich nicht."

„Mich auch nicht", gab der Kapitän zu und lächelte.

Als sie die Offiziersmesse verließen, kamen ihnen Rebecca und Peer entgegen.

Sie begrüßten sich. Als die zwei schon fast an ihnen vorbeigegangen waren, hielt Dr. Limbeck Peer Ehrenberg auf. Ihr war noch etwas eingefallen.

„Ach ja, Peer, Sie hatten wegen eines Termins gefragt. Wie wäre es gleich morgen um Viertel vor acht? Geht das mit Ihrer Schicht?"

„Passt perfekt, danke."

„Immer gerne, dann bis morgen."

„Bis morgen."

Der Kapitän sah Marga kurz an.

„Übrigens", sagte die Schiffsärztin leise, „über die zwei gibt es auch ein Gerücht."

„Ach so?! Welches denn?", fragte der Kapitän und drehte sich zu seiner Tochter und dem ersten Offizier um.

„Na, dass die beiden irgendwas am Laufen haben oder hatten. Die Meinungen der Besatzung gehen hier etwas auseinander."

*

„Du würdest mir aber sagen, wenn es dir nicht gut geht, oder?“, fragte Rebecca. Peer sah überrascht zu ihr. „Sicher, wieso, was ist?“

„Du hast morgen einen Termin bei Dr. Limbeck und ich ...“, begann Rebecca. Dann räusperte sie sich. „Ich mache mir einfach ein bisschen Sorgen.“ Sie sah auf ihre Hände. Peer nahm ihre Hände in seine.

„Du musst dir keine Sorgen machen, Becca, mir geht's gut.“

„In Ordnung.“ Sie verabschiedeten sich und Rebecca beschloss, die verbleibende halbe Stunde zu nutzen und mit ihrer Tante Vera zu telefonieren. Nach kurzer Zeit nahm Vera ab.

„Rebecca, Liebes, schön von dir zu hören. Wo seid ihr gerade?“

„Wir sind in St. Petersburg.“

„Och, wie toll, ich muss auch mal wieder eine Schiffsreise machen. St. Petersburg und das Ballett und die prunkvollen Paläste und Kirchen“, begann Vera zu schwärmen.

„So viel sehe ich davon auf dieser Reise nicht, aber wenn du einmal aufs Schiff kommst, verspreche ich dir, machen wir ein paar Ausflüge.“

„Das klingt wunderbar, Liebes. Sag, wie geht es dir, Cassandra und deinem Vater?“

Rebecca blickte aus dem Fenster. „Mir geht es gut, Cassie ist wie immer aufgekratzt und bester Laune. Vater habe ich heute Vormittag und beim Mittag kurz gesehen. Ich glaube, ihm gefällt es hier auf der *Diamond Lady*.“ Rebecca schwieg einen Augenblick.

„Was ist los, Liebes? Dir liegt etwas auf dem Herzen, das merke ich selbst übers Telefon.“ Rebecca zögerte einen Augenblick. „Ich habe das Gefühl, dass ich es Vater nicht verzeihen kann“, brach es schließlich aus Rebecca hervor. „Was stimmt mit mir nicht? Wieso bin ich so nachtragend.“

„Es war eine schwierige Situation, damals, als Christa gestorben ist, für deinen Vater und vor allem für euch Mädchen. Ich denke, dass du dich damals von ihm im Stich gelassen gefühlt hast und an dieses Gefühl kannst du dich jetzt nach wie vor erinnern. Du warst damals zwar die älteste von euch dreien, aber vielleicht haben wir dir zu viel zugemutet.“

„Das glaube ich nicht. Es hat mir gefallen, dass ich mich um Hanna und Cassie kümmern konnte, das hat mich oft von meiner Trauer abgelenkt.“ Rebecca zeichnete mit einem Kugelschreiber mehrere symmetrische Kästchen auf ihre Schreibtischunterlage. „Ich müsste doch inzwischen darüber stehen und ohne Vorwürfe mit ihm umgehen können.“

„Ich denke auch, dass die Zeit reif ist, zu verzeihen, aber das musst du entscheiden, Liebes. Niemand macht dir einen Vorwurf, wenn du sagst, du brauchst länger. Ich kenne meinen Bruder. Er weiß, dass du mit dir ringst, und wird dich nicht drängen.“ Rebecca wusste tief in ihr drin, dass ihre Tante recht hatte. Es war eigentlich an der Zeit zu verzeihen. Nichts würde sie lieber tun. Aber war sie schon so weit? Sie wusste es selbst nicht.

*

Silke freute sich sehr auf das Ballett. Gunther war wie jeden Morgen der Reise bereits vor ihr wach. Sie wusste, dass sie vor ihm einschlief und nach ihm aufwachte. Schon mehrmals hatte sie ihn während der Reise gefragt, ob er auch genügend Schlaf bekam.

„Mach dir keine Sorgen, Silke. Mir geht es gut. Ich bekomme wirklich ausreichend Schlaf", beteuerte Gunther. Doch dies war schlichtweg gelogen. Schon seit Tagen schlief er kaum. Er war total erledigt. Die Sorgen um Silke konnte er nicht abschütteln. Seit ihrem Gespräch versuchte er nun, dass sie davon nichts mehr mitbekam. Ein nahezu unmögliches Unterfangen! Sie waren über fünfunddreißig Jahre verheiratet. Sie kannten sich seit der Grundschule. Es war schwer, Silke etwas zu verheimlichen, sie kannte ihn besser als er sich selbst.

Vor der Ballettaufführung am Abend würden ihnen bei einer Stadtbesichtigung die Highlights gezeigt werden. Silke war ganz begeistert von den pittoresken Bauwerken. Es klarte immer mehr auf und der Nebel verzog sich. Sie sahen romantische Brücken, prunkvolle Paläste und pompöse Sakralbauten. Silke hatte manchmal fast den Eindruck, als würde sie in einem Gemälde umherspazieren, so seltsam wirkten die Farben durch den aufklarenden Nebel und die Kanäle, Brücken und Gebäude. Sie machte unzählige Fotos. Einzig und allein Gunther bereitete ihr Sorgen. Lustlos trottete er der Reisegruppe nach. Er wirkte desinteressiert und schlapp.

„Gunther, Schatz, ist alles in Ordnung?", fragte Silke schließlich.

„Ja, natürlich. Es ist herrlich hier. Mach genügend Fotos, Silke. Die können wir dann zu Hause noch einmal anschauen."

Am späten Nachmittag kehrten sie kurz auf das Schiff zurück, um sich für die Ballettvorstellung umzuziehen und eine Kleinigkeit davor zu essen. Ein Shuttlebus würde sie dann zum Ballett bringen.

Silke trug ein dunkelgraues Chiffonkleid mit einer Stola, dazu schwarze Ballerinas und eine Jacke. Die Jacke würde sie aber nur während der Fahrt über anbehalten.

„Gunther, bist du fertig?“, fragte Silke ihren Mann. Hastig zog er sein Jackett an und schlüpfte in die Schuhe.

„Trägst du zwei verschiedene Socken?“ Silke sah auf die Strümpfe ihres Mannes.

„Nein, das sind die gleichen.“

„Das stimmt nicht, der Linke ist schwarz und der Rechte ist dunkelblau.“

„Quatsch“, winkte Gunther ab. Die Socken hatten doch dieselbe Farbe, befand Gunther. Silke brauchte sich darum nicht zu kümmern. Sie öffnete den Mund, um ihren Mann zu widersprechen, doch Gunther war schneller.

„Silke, ich bin mir sicher. Lass mich nur machen.“ Silke wollte nicht streiten. Zumindest waren es dunkle Socken.

Der Shuttlebus brachte die Passagiere zum Ballett. Silke hatte selten ein prachtvolleres Gebäude gesehen. Drinnen glänzte es herrschaftlich und sie fühlte sich wie in einen Traum versetzt. Alles funkelte und strahlte golden in einer verschwenderischen Fülle. Gunther war ebenfalls überwältigt. Riesengroße Lüster, Stuckarbeiten an jedem Balkon und die Decke mit atemberaubenden Fresken in den verschiedensten

Farben. Schon allein das Gebäude war ein Palast der zauberhaftesten Eindrücke. Silke und Gunther nahmen schließlich staunend Platz. Das Warten verging in dieser Atmosphäre wie im Fluge und so wurde bald darauf das Licht gedimmt. Stille senkte sich über das Publikum. *Romeo and Juliet* wurde aufgeführt und die nächsten drei Stunden versprachen Ballett auf höchstem Niveau. Silke war ganz gefangen. Auch wenn sie die Geschichte kannte, so litt sie doch mit jedem Mal aufs Neue mit dem Liebespaar. Schon nach der ersten Pause nahm die Spannung zu. Silke hatte sich ein Programmheft gekauft und rollte es angespannt zwischen ihren Händen. Plötzlich nahm sie ein Geräusch neben sich wahr. Gunther war eingeschlafen und schnarchte leise vor sich hin. Silke sah aufgebracht zu ihrem Mann. Die Dame und der Herr neben Gunther schienen belustigt, sahen dann aber Silkes Gesicht und zwangen sich wieder nach vorne auf die Bühne zu blicken.

„Gunther", zischte Silke leise und rüttelte ihren Mann wach.

„Was?", fragte er lauter als nötig. „Ist es schon fertig?" Die Dame und der Herr neben Gunther und auch die Herrschaften hinter ihm konnten sich ein Grinsen kaum verkneifen. Silke war es ungeheuer peinlich. Gunther setzte sich aufrechter hin. Er war im Laufe der Vorstellung immer mehr zusammengesunken. Kopfschüttelnd wandte sich Silke ab und sah nach vorne zur Bühne. Sie würde sich diesen Abend nicht von ihrem Mann verderben lassen. Was war nur in ihn gefahren?

*

Kapitän Andersen saß am Abend in seiner Kabine am Schreibtisch, als es an der Tür klopfte. Auf sein „Herein“ hin, betrat Rebecca den Raum.

„Am Nachmittag hatte ich auch noch eine Besprechung, früher habe ich es daher nicht geschafft. Tut mir leid. Was wolltest du denn heute Mittag?“ Der Kapitän unterbrach die Arbeit und sah seine Tochter aufmerksam an.

„Eigentlich nur fragen, ob du Lust hättest, mit mir einen Happen essen zu gehen.“ Rebecca wirkte überrascht.

„Ach so. Wie gesagt, heute waren viele Besprechungen. Planungen für die nächste Reise und durch die Umgestaltungen in den Kabinen gibt es einige Änderungen für den Roomservice.“

„Setz dich doch“, sagte der Kapitän und wies auf den Sessel vor seinem Schreibtisch. Rebecca schien mit sich zu ringen. Sie setzte sich schließlich aber doch.

„Fühlst du dich wohl hier an Bord?“, fragte ihr Vater sie.

„Ja, das ist mein Traumberuf. Die Liebe zum Meer habe ich wohl von dir geerbt.“

„Das kann gut sein“, stimmte der Kapitän lächelnd zu. Er genoss es, so locker mit seiner ältesten Tochter zu sprechen. Häufig kam es nicht vor, aber wer weiß, vielleicht würde es in Zukunft ein bisschen ungezwungener zwischen ihnen werden.

„Weil wir gerade von Liebe sprechen“, begann der Kapitän, „gibt es jemanden in deinem Leben?“

Rebecca zog eine Augenbraue hoch. Da war er wieder, der skeptische Blick.

„Nein, es gibt niemanden. Wieso?“

„Ich frage einfach nur so. Reines Interesse.“ Lügner, dachte er sich, du wolltest wissen, ob an dem Gerücht etwas Wahres dran war. Ob Rebecca ein Verhältnis mit dem Offizier Peer Ehrenberg hatte. Wenn, dann ließ sich seine Tochter nichts anmerken. Sie hätte bestimmt ein Talent für Poker. Aus Rebeccas Gesichtsausdruck konnte er nicht erkennen, ob sie gerade an Peer oder eine andere Person dachte.

„Dann möchte ich dich auch gar nicht mehr länger stören.“

„Du störst nie, Rebecca. Wie ich gesagt habe, meine Tür steht für jeden offen. Für dich natürlich ebenso. Vielleicht können wir einmal in einem der nächsten Häfen einen Ausflug zusammen machen?“

„Mal sehen. Zurzeit gibt es wirklich noch einiges zu regeln, aber vielleicht bei einer der nächsten Reisen, wir sehen uns ja nun öfter.“ Das klang versöhnlicher, als Rebecca sich fühlte, doch nach dem Telefongespräch mit ihrer Tante Vera hatte sie sich genötigt gefühlt, ihrem Vater zukünftig mit weniger Ablehnung zu begegnen.

„Das wäre sehr schön, Rebecca.“ Der Kapitän stand auf und hielt ihr die Tür auf, als sie das Zimmer verließ.

*

„Silke, was ist denn los?“, fragte Gunther verständnislos, als sie der Shuttlebus nach der Vorstellung wieder zur *Diamond Lady* zurückbrachte.

„Was los ist!?", fragte Silke aufgebracht. „Du hast doch keine Lust auf diesen Urlaub, oder? Willst du mir mit Absicht alles vermiesen!?"

„Na hör mal, das stimmt doch gar nicht. Wir machen doch alles, was du willst!" Sie erreichten ihre Kabine.

„Ach so, na dann schlag du doch vor, was du lieber tun würdest!"

„Es ist doch schön, Silke."

„Nein, das ist es eben nicht! Du hattest doch von Anfang an keine Lust auf das Ballett, aber wieso lässt du mich dann nicht alleine gehen, Gunther? Du musst doch nicht auf Gedeih und Verderb bei mir bleiben!"

„Ich kann dich doch nicht alleine lassen, Silke. Was ist, wenn du dich nicht zurechtfindest? Wenn du dich unwohl fühlst? Wer ist denn dann da, wenn nicht ich! Du kannst nicht immer darauf vertrauen, dass der Herr Kapitän oder sonst wer auftaucht und dir hilft. Dafür hast du ja mich!"

„Du tust gerade so, als käme ich kaum selbst zurecht."

„Ich sehe doch, wie oft du dir unsicher bist. Wie vor allem Räume mit vielen Tisch und Stühlen und die vielen spiegelnden Oberflächen dich verwirren. Ich weiß, dass du Probleme hast, unseren Platz zu finden. Ich sehe es jedes Mal, dass du unsicher bist, auf welchem Deck du dich gerade befindest. Das sehe ich doch alles, Silke, und ich versuche, dir zu helfen. Was willst du denn noch?"

„Ich will keinen Betreuer, sondern einen Mann!"

„Was?", fragte Gunther irritiert.

„Du benimmst dich, als wärst du mein Betreuer. Ich möchte aber einen Partner, ich möchte mich mit dir austauschen, über das Ballett, über das, was wir gemeinsam gesehen haben. Ich möchte mich mit dir unterhalten, über die Zukunft und gemeinsame Pläne, die wir haben, Gunther. Verstehst du? Ich möchte, dass wir miteinander reden."

„Das verstehe ich nicht. Das tun wir doch ständig!"

„Nein, das machen wir schon lange nicht mehr. Du läufst mir nach, als wäre ich eine Patientin auf deiner Station. Ich habe doch schon von Anfang an gemerkt, dass du keine Lust auf das Ballett hattest, Gunther. Schon allein deine verschiedenfarbigen Socken; es ist dir egal und dann schläfst du auch noch ein!"

„Herrgott Silke, weil ich total erledigt bin. Ich schlafe doch kaum, weil ich ständig horche, ob es dir gut geht. Und was hast du denn mit den Socken? Die haben dieselbe Farbe!"

„Ich muss hier raus!", rief Silke aus.

„Wo gehst du hin!?", verlangte Gunther zu wissen.

„Ich möchte ein bisschen alleine sein, wenn es genehm ist!"

Silke verließ die Kabine. Ihr Weg führte sie hinaus aufs Panorama Deck. St. Petersburg war hell erleuchtet. Den Sternenhimmel konnte Silke nicht sehen, doch es war ruhig um sie. Sie setzte sich auf einen der Hocker und horchte auf das Meer. Ich muss mit Gunther reden, nahm sich Silke fest vor. Aber er versteht mich nicht, sagte eine leise Stimme in ihrem Kopf. Er weiß gar nicht, was ich meine. Als sie zurück in die Kabine kam, lag Gunther im Bett und schlief. Daraufhin verwarf Silke den Vorsatz, mit ihrem Ehemann zu sprechen. Es war gut, wenn er ein bisschen Schlaf bekam, vielleicht würde sich dann alles andere von selbst ergeben. Zu Hause war Gunther schließlich auch nicht so übervorsichtig und besorgt um sie. Oder war es ihr bis jetzt nicht so aufgefallen? Sie seufzte. Im Moment konnte sie es nicht klären. Vielleicht wird morgen alles anders, hoffte Silke.

*

Als Silke am kommenden Morgen erwachte, war Gunther bereits wach. Er kam aus dem Bad, trug eine Hose und ein Unterhemd und trocknete sich die Haare mit dem Handtuch.

„Entschuldige, Liebling, das mit gestern. Ich weiß auch nicht, was mich da geritten hat. Vielleicht war ich einfach zu übermüdet." Silke hätte ihrem Mann nur zu gerne geglaubt. Doch sie befürchtete, dass er nicht verstand, was genau sie am meisten belastete.

„Gunther, dass du während des Balletts eingeschlafen bist, ist nicht der Grund, warum ich gestern so enttäuscht war."

Gunther antwortete nicht sofort, was Silkes Verdacht noch bestätigte.

„Weißt du, warum wir gestern gestritten haben?"

„Ist das denn heute noch wichtig, Silke? Ich dachte, wir wollten den Urlaub genießen. Lass uns einfach neu anfangen, okay. Wenn wir den ganzen Tag mit Diskutieren verbringen, haben wir doch nichts gewonnen." Silke wollte ihm nicht widersprechen.

Wenig später verließen sie ihre Kabine und machten sich auf, um zu frühstücken. In der großen Lobby trafen sie auf Kapitän Andersen.

„Guten Morgen“, grüßte sie der Kapitän. „Wie hat Ihnen gestern das Ballett gefallen?“

„Sehr gut. Es war ein schöner Abend. Wir haben selten etwas Besseres gesehen“, entgegnete Gunther und Silke sah ihren Mann irritiert an. Es war verständlich, dass er nicht die Einzelheiten des Abends erzählte, doch es störte Silke, dass Gunther während der ganzen Zeit ihres Urlaubs souveräner wirken wollte, als er war. Silke ahnte, dass sie oder indirekt der Unfall, der Auslöser für Gunthers Verhalten war. Doch sie konnte ihm mit seiner Angst nicht helfen. Wie auch? Selbst wenn sie wollte, sie würde sich schließlich nicht die ganze Zeit verstellen können und außerdem schien sich Gunther, in Bezug auf ihre Gesundheit, seine eigene Wahrheit zurechtzulegen. Sie plauderten noch eine Weile mit dem Kapitän, bevor sie sich verabschiedeten und zum Frühstücken gingen. Nach dem Essen hatten sie bis zum Nachmittag Zeit, weitere Sehenswürdigkeiten von St. Petersburg zu erkunden. Gunther schien bei diesem zweiten Ausflug nun deutlich entspannter. Auf Silkes fragenden Blick hin entgegnete er: „Gestern war es noch neu, aber heute kennen wir uns schon ein bisschen aus.“ Da wurde Silke klar, warum sie Gunthers Verhalten zu Hause weniger stark empfand. Daheim kannte er sich aus und fühlte sich wohler.

*

Als der Kapitän am Abend auf dem Weg zur Brücke war, traf er auf Frank Ehring.

„Guten Abend, Robert“, grüßte ihn der General Manager.

„Abend, Frank.“

„Hast du einen Augenblick Zeit?“, fragte Frank. Dem Kapitän war klar, dass er Frank schon gestern versetzt hatte.

„Sicher“, sagte er daher und folgte Frank in sein Büro.

„Fühlst du dich wohl auf der *Diamond Lady*?“, fragte Frank, kaum, dass sie die Tür hinter sich geschlossen hatten.

„Sehr. Es gab noch keinen Moment, in dem ich meine Entscheidung angezweifelt hätte.“

„Das ist gut.“

„Ist es das, was du mit mir besprechen wolltest?“

Frank sah Robert einen Augenblick an, bevor er antwortete.

„Ich hatte gehofft, dass wir unsere Meinungsverschiedenheit aus der Welt schaffen können.“

„Es ist etwas mehr als nur eine Meinungsverschiedenheit, Frank. Aber gut, nennen wir es so. Ich finde nicht, dass wir dieses Thema noch einmal aufwärmen müssen, und sollten.“

„Denkst du, das ist die Basis für eine gute Zusammenarbeit?“

„Frank, ich vertraue dir in beruflicher Hinsicht zu hundert Prozent. Das habe ich schon immer und in keiner unserer Auseinandersetzungen habe ich es je angezweifelt. Ich konnte dir nicht verzeihen, dass du mir nichts von Christas Krebserkrankung gesagt hattest. Alle anderen Fehler, die ich danach gemacht habe, gehen auf mein Konto. Aber du warst mein bester Freund, wie konntest du es mir verschweigen?"

„Sie hat mich darum gebeten. Es war ihr letzter Wunsch an mich, so wie sie dich gebeten hat, deinen Beruf als Kapitän der *Diamond Epoque* nicht aufzugeben und so wie sie Vera gebeten hat, sich um die Mädchen zu kümmern. Christa wollte alles regeln, es hat sie beruhigt, weil sie das Gefühl hatte, die Weichen für die Zukunft gestellt zu haben."

„Du hättest es nicht versprechen dürfen, Frank!"

„Sie war auch eine Freundin von mir, Robert! Ich weiß, wir zwei waren enger befreundet. Aber wie hätte ich mich verhalten sollen? Christa war todkrank. Wie hätte ich ihr diesen Wunsch ausschlagen können? Ich musste es tun, Robert. Ich hatte keine Wahl!"

„Die hat man immer. Aber wer bin ich, dass ich über so etwas urteilen kann."

Sie saßen sich einen Moment schweigend gegenüber. Es gab eine Frage, die den Kapitän bis zum heutigen Moment umtrieb. Wenn er sie nun stellte, vielleicht würde es die Zusammenarbeit zwischen ihm und Frank leichter machen.

„Frank, hattet ihr eigentlich jemals ...?"

„Nein, Robert. Sie hat dich geliebt und daher war ich oft neidisch auf dich. Christa hätte dich nie betrogen und ich hätte dich, wären die Umstände andere gewesen, nie angelogen." Der Kapitän wusste, dass Frank Ehring ihm die Wahrheit sagte.

„Jetzt weißt du alles, Robert. Du kannst über mich urteilen, wenn du willst, aber glaube nicht, dass mir die Entscheidung damals leicht gefallen ist."

„Danke Frank, ich werde darüber nachdenken. Ich muss nun aber wirklich auf die Brücke, wir legen gleich ab."

Der Lotse, es war tatsächlich wieder Akim, kam einen Augenblick später an Bord. Auch das Ablegen, das dieses Mal ein jüngerer Offizier übernahm, erfolgte ohne Zwischenfälle.

„Dann alles Gute für die Hochzeit deiner Tochter", wünschte der Kapitän, als Akim die Brücke verließ.

„Danke, bis demnächst", verabschiedete sich der Lotse.

*

„Cassandra, hättest du Lust, dass wir einen Spaziergang durch Helsinki machen?", fragte der Kapitän, als die *Diamond Lady* am nächsten Morgen in Helsinki angelegt hatte.

„Ich bin schon mit Jan verabredet", verkündete Cassandra und zeigte auf den jungen Koch, der eben an ihre Seite getreten war. Jan Seeger hatte braune Haare, grüngraue Augen und war recht groß und kompakt. Er wirkte wie ein Bär und sah mit einem liebevollen Blick zu Cassandra hinab.

„Ach so, da will ich nicht stören", sagte der Kapitän und wandte sich zum Gehen.

„Aber Sie stören doch nicht, Käpt'n. Kommen Sie doch einfach mit", schlug Jan vor.

„Ist aber wirklich nicht nötig, ich ..."

„Je mehr wir sind, desto lustiger wird's", sagte Cassandra lächelnd.

„Meine Rede“, stimmte Jan ihr zu. Die Gruppe wurde noch ein bisschen größer, als sich Alina, eine Köchin aus Jans Team, Natascha, eine junge Frau von der Rezeption und Lars Burger, der als Bordingenieur auf dem Schiff arbeitete, anschlossen. Cassandra schien wirklich jeden auf der *Diamond Lady* zu kennen. Sie verließen das Schiff und der Kapitän freute sich, mit den jungen Leuten, aus den verschiedenen Abteilungen, ins Gespräch zu kommen. Mit dem Shuttlebus fuhren sie vom Hafen im Westen der Stadt ins Zentrum. Sie beschlossen eine Kanalbootsfahrt zu machen und von dort aus die Sehenswürdigkeiten der Stadt zu betrachten. Außerdem waren die Sitzbänke gegenüber angeordnet, sodass sie auch Zeit und Gelegenheiten zum Plaudern hatten.

„Sie sind ganz anders als Kapitän Burger. Ich glaube, ich hatte ihn nie mit anderen Kollegen auf einem Ausflug gesehen“, sagte Jan. Kapitän Andersen wusste darauf nichts zu sagen. Er hatte Kapitän Berger nicht so gut gekannt.

„Vielleicht mit Peer. Hin und wieder hat er einen Kaffee an der Crew-Bar mit Christian oder mit Frank getrunken, das ist aber auch schon alles, was ich mitbekommen habe. Er war eher der distanzierte Typ. Aber auch ganz okay, denke ich. Die anderen haben sich zumindest nie beschwert“, berichtete Cassandra. Sie hatte nicht viel mit dem vorigen Kapitän zu tun gehabt.

„Warum hat Kapitän Berger das Schiff eigentlich so schnell verlassen?“, fragte Jan.

„In der Mitteilung stand, es gab einen familiären Notfall“, entgegnete Lars Burger.

„Das wünscht man wirklich niemanden“, meldete sich Alina zu Wort.

„Vor allem war es schon echt viel Verantwortung, die Christian auf einmal hatte. Ich meine, die Reederei hat zwar noch einen zusätzlichen Offizier geschickt, aber er hatte plötzlich den Hut auf“, wandte nun Natascha ein.

„Das stimmt“, gab Jan ihr Recht.

„Weiß man, was für ein familiärer Notfall es genau war?“, kam die Frage von Alina.

„Nein, ich habe nur gehört, dass es wohl bereits am Anfang der Reise, bevor er das Schiff verlassen hat, Probleme gab“, erwiderte der Bordingenieur.

Der Kapitän horchte auf die Informationen, die er hier erfuhr und nahm sich vor, beizeiten mit dem Staff-Kapitän zu sprechen. Wenn jemand mehr über die Situation im Bilde war, dann war es vermutlich Christian Roth.

Als sie wieder auf der *Diamond Lady* waren, trennten sich die Wege der einzelnen Crewmitglieder. Cassandra und der Kapitän gingen gemeinsam bis zum Lift, der sie in die oberen Decks bringen würde.

„Ist dieser Jan Seeger dein Freund?“, fragte der Kapitän seine Tochter interessiert. Während des Ausfluges hatte er aus dem Augenwinkel immer wieder beobachten können, wie gut sich seine Tochter und der Koch verstanden. Jan schien ein fröhlicher, netter junger Mann zu sein.

„Er ist ein Freund. Wir sind nicht fest zusammen, wenn es das ist, was du meinst.“ Und augenzwinkernd fügte sie hinzu: „So neugierig kenne ich dich ja gar nicht.“ Der Kapitän fuhr sich durch die Haare.

„Was heißt hier neugierig“, entgegnete er ausweichend, „na gut, schön, vielleicht bin ich tatsächlich ein bisschen neugierig“, gab er fast schon widerwillig zu. „Deine Schwester habe ich gestern auch gefragt, ob sie mit jemandem zusammen ist.“

„Rebecca? Und was hat sie gesagt?“

„Dass es niemanden gibt in ihrem Leben.“

Cassandra lachte kurz auf. „Ha, Lügnerin“, entfuhr es ihr.

„Ach so?“, fragte der Kapitän.

„Das sagt sie zu mir auch immer, aber ich glaube ihr nicht. Ich bin mir so sicher, wie das Amen in der Kirche, dass sie Peer sehr gerne mag. Aber zugegeben hat sie es noch nie. Von dem Gerücht hast du doch sicher schon gehört?“

„Hm“, stimmte der Kapitän ausweichend zu.

„Warum sie es leugnet, weiß ich nicht“, fuhr Cassandra fort. „Peer ist, soviel ich weiß, nicht verheiratet, hat keine Kinder und er mag sie auch, das sieht ein Blinder. Warum es nichts wird mit den beiden, versteht niemand!“ Der Kapitän zuckte nur mit den Schultern. Ihm war wichtig, dass Rebecca glücklich war. Sie war eine erwachsene, sehr rationale Frau und der Kapitän zweifelte nicht, dass sie ihre eigenen Entscheidungen treffen konnte. Manchmal befürchtete er jedoch, dass sie auch in Sachen Liebe zu rational handelte. Er hing noch seinen Gedanken nach, als er zu seiner Kabine ging. Das Geschenk, das er zu seinem Einstand von der Crew bekommen hatte, lag noch eingepackt auf dem Tisch. Er setzte sich auf die Couch und entfernte das Geschenkpapier. Zum Vorschein kam tatsächlich ein Bildband. Aufnahmen schöner

Autos an allen möglichen Orten der Welt. Unter oder neben den Bildern Sinnsprüche aus den jeweiligen Ländern, in denen die Aufnahmen gemacht wurden. Der Kapitän blätterte begeistert durch das Buch. Sicher hatte Frank dieses Geschenk für ihn ausgesucht und war damit goldrichtig gelegen. Die Crew hätte ihm wohl kaum etwas schenken können, was ihm besser gefiel.

Der Kapitän dachte an Frank. An die Freundschaft, die sie verbunden hatte und zum ersten Mal seit achtzehn Jahren wurde ihm bewusst, dass der Tod von Christa ebenso für Frank eine Tragödie gewesen war. Frank hatte genauso wenig, wie er selbst sein Versprechen brechen können. Dem Kapitän wurde bewusst, dass er sich ziemlich ungerecht seinem ehemals besten Freund gegenüber verhalten hatte.

*

Silke stand mit ihrem Mann auf dem Panorama Deck, während die *Diamond Lady* ablegte. Der Hafen von Helsinki entfernte sich immer weiter. So kam ihr auch die Beziehung zu Gunther vor. Heute während des Ausfluges hatte er versucht, sie nicht zu sehr zu bemuttern. Doch was hatten sie schon groß gemacht? Eine Sightseeingtour mit einem Hop-on-/Hop-off-Bus war wirklich nicht gefährlich. Das Wetter während ihres Ausfluges hatte großartig mitgespielt. Doch nun kam für Silke am kommenden Tag die Sensation dieser Reise: Stockholm. Schon lange hatte sie davon geträumt, einmal nach Schweden und vor allem nach Stockholm zu reisen und jetzt endlich war es so weit.

Viele ihrer Bekannten waren bereits in Stockholm gewesen und begeistert hatte sie die Reiseerfahrungen und Berichte der Freunde aufgesogen. Den Ausflug für morgen hatten sie und Gunther schon gebucht. Einen Rundgang durch Stockholms Altstadt die *Gamla stan*. Festes Schuhwerk wurde aufgrund des Kopfsteinpflasters empfohlen und eine Jacke, denn der Wind konnte recht stark vom Meer durch die Altstadt wehen. Silke freute sich schon von ganzem Herzen auf den morgigen Tag. Stockholm würde das letzte Ziel ihrer Reise sein. Es folgte ein Tag Erholung auf See und das *Farewell-Dinner*. In zwei Tagen, am Vormittag gegen neun Uhr, würden sie wieder Warnemünde erreichen. Den Tag Erholung auf See sah Silke mit gemischten Gefühlen entgegen. Da es ihr vorkam, dass Gunther und sie keine gemeinsamen Interessen mehr teilten, war es schwierig, ein Gesprächsthema oder dergleichen zu finden. Sie standen nebeneinander, ohne ein Wort zu reden. Gunther hatte die Augen geschlossen und genoss den kühlen Wind. Silke trug nur einen dünnen Pullunder. Sie schlang die Arme um den Oberkörper, da legte Gunther seine Jacke um ihre Schultern.

„Lass uns noch ein bisschen hier stehen, Silke. Das sind für mich die schönsten Momente der Kreuzfahrt."

„Natürlich, Gunther", sagte Silke. Sie lehnte ihren Kopf an die Schulter ihres Mannes. Vielleicht war es aber gar nicht so schlimm und sie dramatisierte alles. Es war nicht immer leicht, einen Partner zu haben und sich richtig zu verhalten, das hatte auch schon Kapitän Andersen zugegeben. Ging es denn nicht jedem so? Ich erwarte einfach zu viel, schalt sich Silke.

*

Der Kapitän sah zu den Weinrichs. Sie standen eng beieinander auf dem Panoramadeck und genossen die Aussicht in harmonischer Zweisamkeit. In solchen Momenten dachte der Kapitän immer wieder an Christa. Er vermisste sie. Nach achtzehn Jahren war seine Trauer nicht mehr so intensiv wie damals. Dennoch gab es keinen Tag, an dem seine Gedanken nicht einmal zu Christa wanderten. Er hatte sich geschworen nie wieder zu heiraten und bis zum heutigen Tage hatte es keinen Moment gegeben, in dem er diesen Schwur hatte brechen mögen. In den vergangenen Jahren hatte er hin und wieder flüchtige Beziehungen zu Frauen gehabt, doch weder er noch sie hatten sich fester binden wollen. Nun war es schon fast dunkel. Die ersten Sterne waren am Himmel zu sehen, da sie Helsinki und die Lichter der Stadt inzwischen hinter sich gelassen hatten. Auf dem Weg zur Brücke beschloss der Kapitän kurz bei seiner ältesten Tochter vorbeizuschauen. Er klopfte an ihre Bürotür. Das Büro war offen, doch Rebecca war nicht da. Der Kapitän entschied sich zu warten und sah sich im Zimmer um. In dem Büro herrschte penible Ordnung. Alles war korrekt beschriftet und sortiert. Der Kapitän sah, dass Rebecca ein Foto aufgestellt hatte. Einen Augenblick hielt er inne. Sollte er? Dann siegte seine Neugierde. Er drehte den Rahmen, sodass er das Bild sehen konnte. Auf dem Foto waren Rebecca, Hanna, Cassandra und Hannas Tochter Sofia zu erkennen. Sie schnitten alle Grimassen und sahen in die Kamera.

„Hallo“, begrüßte Rebecca ihn, als sie soeben ins Büro kam.

„Entschuldige, ich wollte nicht stören. Mich hat nur interessiert, wer auf dem Bild zu sehen ist.“

„Ach, das Foto haben wir *vier Mädchen,* wie uns Tante Vera immer nennt, bei einem Ausflug in den Zoo gemacht. Ich fand es ganz witzig und deswegen steht es hier. Mehr Fotos habe ich auf dem digitalen Bilderrahmen in meiner Kabine.“ Sie fragte ihn nicht, ob er die Bilder einmal sehen wollte, denn so weit war Rebecca noch nicht. Auch nachdem sie mit ihrer Tante Vera gesprochen hatte.

Die Bilder, die sie auf ihren digitalen Bilderrahmen geladen hatte, bedeuteten ihr sehr viel. Es waren Aufnahmen ihrer Nichte Sofia bei der Einschulung, an Weihnachten oder von Schulaufführungen dabei. Die wichtigsten Momente, die so ein junger Mensch bis jetzt haben konnte. Bilder von ihrer Schwester Hanna während ihrer Konzerte. Hannas größter Traum war es, von ihrer Musik leben zu können. Leider bekam sie aber nur selten die Gelegenheit, ihr Talent zu zeigen, weil sie stets für ihre kleine Familie Zeit investierte. Es gab Fotos von Cassandra. Das Lächeln ihrer jüngsten Schwester war Rebecca überaus wichtig, es heiterte sie oft auf und war auf jedem Foto, das Cassandra zeigte, zu sehen. Rebecca nahm sich immer wieder vor, positiver, mehr wie Cassie, zu werden. Und dann gab es da natürlich noch Fotos von ihr selbst. Bei Veranstaltungen der Reederei mit Frank und Cassie. Fotos von ihr und Tante Vera beim gemeinsamen Kochen. Fotos von ihr und ihrer Mutter. Inzwischen war sie auch nicht mehr nur traurig, wenn sie auf diese Fotos blickte, sondern sah sie als dankbare Erinnerungen. Dann gab es auch noch Fotos von ihr selbst und Peer bei gemeinsamen Ausflügen, wenn die *Diamond Lady* in einem Hafen lag. Der digitale Fotorahmen war ein Spiegelbild ihres Lebens und sie brauchte noch Zeit, ihren Vater Teil dieses Lebens werden zu lassen.

„Hast du einen Augenblick für mich?"

„Ja, klar. Um was geht es denn?", fragte Rebecca und setzte sich auf ihren Bürostuhl.

„Mir ist klar geworden, dass ich Frank Unrecht getan habe. Viele Jahre lang habe ich ihm vorgeworfen, dass er mir nichts von Christas Krebserkrankung erzählt hat und soeben habe ich bemerkt, dass er sich nicht anders verhalten hat, wie ich mich nach dem Tod von Christa benommen habe. Die ganze Zeit habe ich mir eingeredet, dass ich keine andere Wahl hatte und ich mich so verhalten musste, weil ich es ihr versprochen hatte. Man hat immer eine Wahl und ihr das Versprechen zu geben, kam mir einfach auch sehr entgegen. Christa war ...", begann der Kapitän und hielt kurz inne, „sie war wunderbar, sie kannte uns alle so gut und wusste genau, dass wir nach ihrem Tod alle völlig verloren und kopflos sein würden. Ich will damit sagen, ich weiß, dass du ärgerlich bist, weil ich euch damals vor vollendete Tatsachen gestellt habe und es tut mir leid. Aber ich bin mir jetzt in diesem Moment nicht einmal sicher, ob ich nicht noch einmal genauso handeln würde. Ich möchte nur, dass du weißt, dass ich damals und auch heute stolz auf dich bin und dankbar, dass du da warst für deine Schwestern. Und wenn du mir nie verzeihen kannst, dann finde ich es schade, aber ich kann es verstehen." Rebecca hatte ihm stillschweigend zugehört.

Der Kapitän wartete ab, ob von ihr eine Reaktion kam.

„War das alles?", fragte Rebecca nur.

„Ja, das war alles."

„Ich denke darüber nach. Bloß heute bin ich ziemlich erledigt."

„Klar, das verstehe ich."

„Bis morgen dann", sagte Rebecca versöhnlicher.

„Bis morgen, schlaf gut." Ihr Vater ging aus dem Büro und ließ sie ein bisschen unschlüssig zurück. Vielleicht war es tatsächlich an der Zeit, zu verzeihen. Hatte Vera nicht etwas Ähnliches gesagt?

*

Die *Diamond Lady* legte am frühen Morgen des kommenden Tages in Stockholm an. Silke bemerkte, wie sie vor Vorfreude fast ein bisschen albern wurde. Überschwänglich fiel sie Gunther um den Hals, als er aus dem Bad kam.

„Oh Gott, Silke, ist alles in Ordnung?" Gunther hielt sie fest, als hätte er Angst, sie würde umfallen. Silke verdrehte die Augen.

„Ja, Gunther, mir geht es gut. Ich war gerade nur ein bisschen albern aufgelegt und wollte dich umarmen."

„Du kannst dich jederzeit an mir festhalten, wenn dir schwindlig ist, Silke", sagte Gunther und bot ihr seinen Arm an.

„Danke, Herr Doktor, ich denke, ich komme alleine zurecht. Bist du fertig im Bad? Dann würde ich mich schnell zurechtmachen, damit wir endlich aufbrechen können." Silkes euphorische Stimmung war sichtlich gedämpft, als sie im Bad verschwand.

Die Gäste hatten sich am Fuße der Gangway zu kleinen Grüppchen versammelt, als sie das Schiff verließen.

„Möchten zwei Personen noch bei der Kajak-Tour mitmachen? Wir haben Plätze frei", rief einer der Reiseleiter.

„Komm, Gunther, vielleicht wäre das etwas für uns", sagte Silke und ging auf den Reiseleiter zu.

„Nein Silke", murmelte Gunther und folgte seiner Frau.

„Mein Mann und ich würden vielleicht Kajak fahren. Wieso sind denn noch zwei Plätze frei?", fragte Silke.

„Ich habe mich entschieden, dass ich nun nicht Kajak fahren möchte, ich traue es mir doch nicht mehr zu", sagte eine schwangere, junge Frau. Sie hielt sich den leicht gewölbten Bauch und sah zu dem Mann neben sich. „Ich dachte erst, es wird schon gehen, weil ich erst in der 20. Woche bin, aber ich möchte nun doch nicht. Mein Mann und ich werden lieber die Altstadt auf eigene Faust erkunden, deshalb sind nun zwei Plätze frei für diesen Ausflug", erklärte die junge Frau.

„Ah, ach so, dann wünsche ich Ihnen viel Spaß", sagte Silke.

„Danke", erwiderte die jüngere Frau und das Pärchen zog los.

„Möchten Sie bei der Kajak-Tour mitmachen?", fragte der Reiseleiter freundlich.

„Ich hätte schon Lust ..."

„Nein, Silke, das machen wir nicht“, unterbrach Gunther. „Eine Kajak-Tour. Zwei Stunden. Das schaffst du nicht.“

„Gunther, jetzt geht das schon wieder los. Ich bin alt genug, ich weiß, was ich schaffe und was nicht.“ Silkes Stimme überschlug sich fast vor Wut.

„Sie fährt nicht mit, junger Mann“, entschied Gunther und wandte sich direkt an den Reiseleiter, der etwas perplex zwischen Silke und Gunther hin- und herschaute. „Meine Frau hatte vor einiger Zeit einen Unfall und sie ist noch nicht wieder ganz fit.“

„Das reicht mir jetzt!“, rief Silke zornig aus. „Ich mache die Stadtführung mit, aber ...“

„Wie wir es gebucht haben, genau Silke, so machen wir es.“

„Alleine, Gunther. Du kommst nicht mit! Ich halte es nicht mehr aus. Deine ständige Fürsorge raubt mir noch den letzten Nerv! Du bleibst auf dem Schiff, fährst Kajak, oder was weiß ich. Diesen Tag verbringen wir getrennt!“ Gunther sah seine Frau schockiert an. Er fühlte, wie er zornig wurde, weil Silke alles falsch verstand.

„Schön, bitte, dann schau dir Stockholm alleine an!“, schnappte Gunther wütend, machte auf dem Absatz kehrt und marschierte zum Schiff zurück. Silke sah ihrem Mann kopfschüttelnd nach und ging zu ihrer Gruppe. Es tat ihr leid, dass sie sich so gestritten hatten, aber sie würde sich diesen Ausflug nicht vermiesen lassen.

*

Wütend ging Gunther übers Schiff. Zunächst hatte er etwas gewartet, weil er dachte, Silke käme vielleicht zurück aufs Schiff, um sich zu entschuldigen, und den Tag ebenfalls mit ihm auf der *Diamond Lady* zu verbringen. Was sollte Stockholm haben, was sie nicht schon bei den anderen Städten hatten besichtigen können?! Doch Silke kam nicht. Im Gegenteil, sie drehte sich kein einziges Mal mehr um, stieg in den Bus und ließ sich in die Stadt fahren. Er war fassungslos! Was passierte ihnen hier nach über fünfunddreißig Jahren Ehe?! Gunthers Weg führte ihn schließlich in die *Meridian-Lounge*. Sie war Tag und Nacht geöffnet, exklusiv und geschmackvoll eingerichtet, mit einer langen beleuchteten Bar und Hockern, aber auch runden Tischen mit bequemen Stühlen, die die älteren Herrschaften bevorzugten. Außerdem gehörte eine Jukebox, die unter anderem auch Lieder von Frank Sinatra spielte, zum Interieur. *New York, New York* und *My Way* war immer wieder in der Lounge zu hören. Gunther ließ sich auf einen Stuhl an der Bar fallen.

„Was kann ich Ihnen bringen?“, fragte der Barkeeper. Laut Namensschild hieß der Kerl Davide. Er war ein junger Mann mit Glatze und Tattoos und wirkte wie der Türsteher einer Disko. Es war früher Vormittag, doch Gunther war frustriert.

„Einen Martini dry, bitte.“ Er gab dem Mann die Karte, damit er den Drink auf die Kabine buchen konnte. Nur wenige Augenblicke später bekam er seinen Martini.

„Herr Weinrich, darf ich mich zu Ihnen setzen?“, fragte eine Stimme hinter ihm. Gunther fuhr herum und erkannte den Kapitän.

„Sicher, nehmen Sie Platz." Der Kapitän setzte sich auf den Barhocker neben ihm. Herr Weinrich wirkte deprimiert und der Kapitän wollte sehen, ob er Gunther helfen konnte.

„Käpt'n, für Sie?", fragte der Barkeeper.

„Einen Mocaccino, bitte", sagte Kapitän Andersen nach kurzem Überlegen. Dann wandte er sich an Herrn Weinrich.

„Ich dachte, Sie sehen sich heute zusammen mit Ihrer Frau Stockholm an", begann der Kapitän.

„Das dachte ich ebenso", erwiderte Gunther Weinrich bitter und nahm einen Schluck von seinem Drink. Der Kapitän schwieg, denn er ahnte, dass Herr Weinrich gleich selbst mit der Sprache herausrücken würde. Sein Gefühl erwies sich als richtig.

„Silke will mich ja nicht dabei haben. Sie zieht es vor, alleine zu sein. Wir haben uns gestritten. Silke wirft mir vor, ich würde sie bemuttern und ihr die ganze Reise ruinieren." Das klang beleidigt. Bevor der Kapitän etwas darauf erwidern konnte, bekam er seinen Mocaccino.

„Vielen Dank, Davide." Der Barkeeper nickte und wandte sich zwei älteren Damen zu, die eben die Lounge betreten hatten. Der Kapitän erinnerte sich an sein Gespräch mit Silke.

„Ich denke, ihre Frau möchte das Leben einfach genießen. Sie hat mir von dem Unfall erzählt und mir gesagt, dass sie die Erinnerungen daran hinter sich lassen möchte. Ihnen fällt es sicher schwer, denn Sie können sich an die vielen Stunden im Krankenhaus erinnern. Doch ich denke, es wäre auch für Sie das

Beste, wenn Sie versuchen, optimistisch in die Zukunft zu blicken."

„Mein Optimismus ist in dem Moment gestorben, als ich den Anruf bekam, meine Frau wäre verunglückt. Glauben Sie mir, Kapitän, ich würde liebend gerne optimistisch sein und die Zukunft in den rosigsten Farben sehen, wie meine Frau. Doch es gelingt mir nicht!" Gunther Weinrich stürzte den letzten Schluck des Drinks hinunter. Dann erhob er sich von seinem Stuhl und ging. Er hob kurz die Hand, um sich zu verabschieden, dann war er auch schon draußen. Der Kapitän sah Gunther ernst und ratlos nach. Wie konnte er den Weinrichs helfen?

„Darf ich mich zu dir setzen, Robert?", fragte Frank Ehring. Der Kapitän freute sich fast schon, ihn zu sehen.

„Klar, bitte, setz dich." Nachdem sich Frank einen Latte macchiato bestellt hatte, schwiegen sie einen Augenblick.

„Frank, ich habe über das, was du gesagt hast, nachgedacht. Ich verstehe jetzt, wieso du dich damals so verhalten hast. Es tut mir leid, dass ich es nicht früher erkannt habe", erwiderte der Kapitän ehrlich. Der General Manager schien zunächst zu überrascht, als dass er darauf etwas entgegnen konnte.

„Ich mache dir keinen Vorwurf, es war eine schwierige Zeit damals und du hast die Liebe deines Lebens verloren."

„Ja, aber ich habe in meiner ganzen Trauer übersehen, dass es noch andere Menschen um mich gegeben hat, die ebenso wie ich getrauert haben. Hätte ich damals mehr gesprochen und mich nicht von allen entfernt, hätte ich vielleicht mehr Hilfe erfahren und für andere eine Unterstützung sein können. Das wird mir jetzt klar.“ Der Kapitän war froh, dass er die richtigen Worte fand, die Gefühle, die ihn damals ausgefüllt hatten, zu beschreiben. Er genoss es mit Frank hier zu sitzen und zu reden. Vielleicht war es tatsächlich nicht zu spät, dass sie zu ihrer alten Freundschaft zurückfinden konnten.

*

Silke versuchte den Ausflug ohne Gunther zu genießen. Es gelang ihr nicht so gut, wie erhofft. Seit vielen Jahren verbrachten sie die meiste Zeit zusammen und sie vermisste ihn neben sich. Immer wieder drehte Silke sich nach rechts, um einen besonders schönen Eindruck oder Ausblick mit ihm zu teilen, doch immer stand jemand Fremdes neben ihr. Viele der Fotos machte sie im Hinblick, sie nachher zumindest mit Gunther anzusehen. Zurück auf dem Schiff trank sie zunächst einen Cocktail, bevor sie zu ihrer Kabine ging. Die Sonne schien langsam im Meer zu versinken und das Ablegen des Schiffes begann in diesem Augenblick. Von der *Kristall-Bar* auf dem Panoramadeck aus hatte man eine herrliche Aussicht. Es war ein friedlicher Moment, den Silke voll und ganz genoss. Schließlich beschloss sie, ihren Mann zu suchen. Sie fand Gunther, wie sie bereits angenommen hatte, in ihrer gemeinsamen Kabine. Er saß auf dem Balkon und blickte beleidigt auf den immer kleiner werdenden Stockholmer Hafen.

„Gunther, ich bin wieder zurück.“

„Okay. War's schön?", fragte Gunther emotionslos. Dieser Ton trieb Silke schon wieder auf die Palme. Gunther war nur beleidigt, dass sie ihn nicht mitgenommen hatte. Mehr nicht.

„Es war sehr schön. Stockholm ist eine traumhafte Stadt. Schade, dass du es dir nicht angesehen hast."

„Du wolltest doch nicht, dass ich mitkomme!"

„Ich habe dir nicht verboten, das Schiff zu verlassen. Ich wollte nur nicht, dass du mir während des ganzen Ausfluges in den Ohren liegst mit den Dingen, die ich deiner Meinung nicht darf, nicht kann oder lassen sollte!"

„Wenn es dir lieber ist, dass ich dich in Ruhe lasse, Silke, dann wäre es besser, wenn ich jetzt gehe!" Gunther schob sich an ihr vorbei. Er nahm seine Jacke und verließ die Kabine. Silke atmete genervt aus. Sie stürmte Gunther nach.

*

Der Kapitän saß auf der Couch in seiner Kabine. Inzwischen hatte die *Diamond Lady* abgelegt. Ein kompletter Tag auf Meer lag noch vor ihnen und bereits übermorgen in der Früh würden sie wieder in Warnemünde ankommen. Er war etwas müde und überlegte, ob er sich hinlegen sollte. Da klingelte das Telefon in seinem Zimmer. Ständige Bereitschaft. Als Kapitän auf einem Kreuzfahrtschiff war es seine Pflicht, er zählte es aber ebenso zu seinen Privilegien, dass er bei Problemen und Notfällen stets einer der ersten war, der informiert wurde. Er wusste, dass er unter Stress ausgesprochen gut arbeiten konnte und zu seiner Höchstform auflief. Noch vor dem zweiten Klingeln hob er ab.

„Käpt'n?", hörte er die Stimme der Schiffsärztin.

„Ja, Marga, was gibt es?", fragte der Kapitän alarmiert. Anrufe aus dem Bordhospital zu abendlicher oder nachtschlafender Stunde verhießen in der Regel nichts Gutes.

„Eine Passagierin ist gestürzt und hat sich den Knöchel geprellt. Der Dame geht es den Umständen entsprechend. Ich habe sie schon untersucht. Allerdings sind sie und ihr Ehemann gerade heftig am Diskutieren. Dir dürften die beiden bekannt sein. Herr und Frau Weinrich. Vielleicht kannst du zwischen den beiden vermitteln. Wenn ich es richtig verstanden habe, kennst du ein bisschen die Hintergründe."

„Ich bin in wenigen Minuten bei euch", sagte der Kapitän und legte auf.

Nur ein paar Augenblicke später erreichte Kapitän Andersen das Bordhospital. Silke Weinrich saß auf der Krankenliege. Dr. Limbeck legte ihr gerade einen Verband um den rechten Knöchel an. Herr Weinrich ging vor der Liege auf und ab. Er schüttelte eben über die Worte seiner Frau den Kopf.

„Nein, Silke. Du bist die, die von der Treppe gestürzt ist. Wie viel deutlicher willst du es denn gezeigt bekommen? Du bist noch nicht so weit!"

„So weit für was, Gunther? Für was? Für eine Kreuzfahrt. Ist es das, was du sagen möchtest?! Soll ich zukünftig jeden Tag in unserer Wohnung verbringen und das Highlight des Jahres ist der Urlaub am Bodensee?! Ich will etwas erleben!"

„Du siehst ja, womit das endet!", rief Gunther aus und zeigte auf den verbundenen Fuß seiner Frau. „Du brichst dir noch den Hals, Silke!"

„Du übertreibst, Gunther. Ich ...", doch weiter kam Silke nicht.

„Ich werde nicht zurücktreten und zusehen, wie du dich verletzt, weil du deine Kräfte überschätzt. Es war falsch, dass ich so aus der Kabine gestürmt bin und gehen wollte. Ich hätte mich beherrschen müssen, es ist meine Schuld. Ich muss dich doch beschützen, Silke!" Die letzten Worte hatte er fast geschrien. Der Mann hat Angst und ist mit der Situation überfordert, sonst würde er nicht so reagieren, dachte sich der Kapitän.

„Du beschützt mich nicht, Gunther, du engst mich ein!" Silke schrie ihren Mann wütend an.

„Ach, so siehst du das! Ich mache mir Sorgen um dich, weil ich dich liebe!"

„Du benimmst dich wie ein ängstlicher Betreuer gegenüber seiner Patientin, Gunther. Das habe ich dir schon einmal gesagt! Ich fühle mich nicht mehr wie deine Ehefrau!"

„Glaubst du, für mich ist es leicht?! Ich schlafe kaum noch und bin in ständiger Angst um dich!"

Die Weinrichs sahen sich wütend an. Der Kapitän trat zu ihnen.

„Guten Abend, Frau Weinrich, wie geht es Ihnen?", begann er das Gespräch.

„Machen Sie sich keine Sorgen, ich fühle mich soweit ganz gut. Ich habe mir den Knöchel geprellt, weil ich mich auf der Treppe vertreten habe, als ich meinem Mann nachgelaufen bin."

„Es war meine Schuld, sagte ich doch", merkte Gunther an. Er fühlte sich so schlecht und war mit der Situation komplett überfordert.

„Das hat doch niemand gesagt", entgegnete Silke. Gunther sah sie kurz traurig an.

„Ich kann nicht mehr, Silke. Glaube mir, ich versuche dagegen anzukämpfen, dass ich dich nicht so einenge, aber es funktioniert nicht. Schon allein die Vorstellung, dass ich dich verlieren könnte, macht mich wahnsinnig und immer wieder muss ich an den Anruf von damals denken." Gunthers Schultern sackten fast unmerklich nach vorne.

„Gib mir einen Augenblick, in Ordnung?!", sagte Gunther Weinrich und verließ das Bordhospital. Silke sah zum Kapitän. Tränen standen in ihren Augen.

„Übertreibe ich? Verlange ich zu viel von ihm? Ich liebe Gunther und ich verstehe doch, wie viele Sorgen er sich um mich macht, weil er mich liebt, doch ich bekomme einfach keine Luft." Der Kapitän setzte sich auf den Stuhl neben Silkes Bett.

„Ich weiß nicht, ob das, was sie von ihrem Mann verlangen, nicht vielleicht sowieso nach einer gewissen Zeit von alleine besser wird. Als damals meine Frau gestorben ist, habe ich mit ihr einen großen, wichtigen Teil von mir selbst verloren und diesen Verlust kann nichts und niemand je wieder beheben. Daher verstehe ich die Ängste ihres Mannes und dass er sich so um sie sorgt. Selbstverständlich übertreibt er es in seiner Fürsorge und Sie fühlen sich eingeengt." Der Kapitän wählte die nächsten Worte mit Bedacht. „Geben Sie ihm ein wenig mehr Zeit. Ich bin mir sicher, es wird besser. Ich gehe schnell und suche Ihren Mann, ich möchte kurz mit ihm sprechen.“ Kapitän Andersen stand auf und verließ das Bordhospital.

*

Gunther war zunächst ziellos durch die Gänge gelaufen, doch schließlich führte ihn sein Weg in seine und Silkes Kabine. Auf dem einen Stuhl in der Kabine hatte er schon seine Kleidung für den kommenden Tag hergerichtet. Er sah auf die Socken, die dort auf dem Stuhl lagen. Die eine Blau, die andere Schwarz. Silke hatte recht gehabt, er hatte wirklich verschiedenfarbige Socken zu der Ballettvorstellung angezogen! Gunther fasste sich an den Kopf. Silke war eine erwachsene Frau. Dass du dir Sorgen machst, ist schön und gut, sagte er zu sich selbst, aber jetzt bist du wirklich zu weit gegangen! Frustriert ließ sich Gunther aufs Bett sinken. Wie sollte er nur abstellen, dass er sich so um seine Frau sorgte?

Der Kapitän fand Gunther auf dem Bett sitzend in seiner Kabine. Die Tür hatte er nur angelehnt. Kapitän Andersen klopfte trotzdem.

„Herr Weinrich, darf ich reinkommen?“, fragte er.

„Sicher, Kapitän. Ich ... ich habe mich benommen wie ein Idiot, aber ich kann meine Angst um Silke nicht einfach abstellen. Ich habe solche Bedenken, dass ich ein Anzeichen übersehen und Silke verlieren könnte.“ Der Kapitän sah auf Herrn Weinrich, der seinen Kopf resigniert auf die Hände gestützt hatte.

„Ich weiß nicht, ob Silke es Ihnen erzählt hat, Herr Weinrich. Ich habe meine Frau vor achtzehn Jahren verloren. Sie starb an Krebs." Gunther sah auf.

„Das tut mir leid."

„Danke. Ich möchte Ihnen eigentlich nur sagen, dass es normal ist, dass Sie Angst um Ihre Frau haben. In den ersten Jahren, nachdem ich meine Christa verloren hatte, schien jeder Tag wie eine Qual, jeder Atemzug schien zu anstrengend. Doch wenn Sie die schönen Zeiten mit Ihrer Frau nicht genießen, weil Sie befürchten, es könnte irgendwann vorbei sein, dann zerstören Sie sich mögliche schöne Erinnerungen an die Zeit, die Sie beide jetzt gemeinsam erleben."

„Ich weiß, dass Sie recht haben, aber es ist schwer."

„Dann denken Sie in jedem Moment, für wen Sie versuchen Ihre Ängste zu besiegen. Für Ihre Frau! Sie hat sich zurück ins Leben gekämpft, um es mit Ihnen zu genießen, nicht um Trübsal zu blasen und sich vor der Zukunft zu fürchten." Gunther Weinrich nickte schweigend. Schließlich straffte er seine Schultern, stand auf und strich sich über die Augen. Dann hielt er dem Kapitän seine Hand hin.

„Danke für Ihren Rat. Sie haben recht." Der Kapitän schüttelte die ihm dargebotene Hand. Gunther Weinrich ging aus der Kabine und wandte sich Richtung Bordhospital. Gunther dachte an die Worte des Kapitäns. Es war nicht nur der Kampf von Silke zurück ins Leben, es war sein Kampf gegen die Ängste, die ihn heimsuchten. Er durfte seine Furcht, Silke zuliebe, nicht komplett die Oberhand gewinnen lassen. Er betrat das Krankenzimmer und Silke blickte sofort zu ihm hoch.

„Gunther", sagte sie und ihre Stimme klang erleichtert, als sie ihn sah.

„Silke, hör mir bitte zu. Ich habe verstanden, was du mir sagen wolltest. Ich möchte dich nicht einengen oder dir das Gefühl geben, dass du etwas nicht schaffst. Du sollst wissen, dass du immer auf mich zählen kannst und ich dich unterstützen werde, bei allem, was du dir vornimmst. Es hat mir Angst gemacht, zu glauben, dass ich nun der Stärkere von uns beiden sein soll, denn eigentlich warst es immer du. Liebe bedeutet, jemanden auch einmal loszulassen, das habe ich vergessen. Es tut mir leid, Silke. Ich möchte dich nicht verlieren, denn du bist das Beste in meinem Leben! Auch wenn ich es die letzten Tage nicht gezeigt habe, bedeutet mir unsere gemeinsame Zeit sehr viel und ich möchte sie nicht durch meine Angst zerstören."

„Oh Gunther, ich liebe dich doch auch", erwiderte Silke. Sie hob ihren rechten Arm und Gunther umfasste ihre rechte Hand. „Du warst der Grund, warum ich unbedingt wieder gesund werden wollte, Gunther. Ich möchte, dass wir mehr miteinander reden, mehr zusammen unternehmen."

„Das möchte ich ebenso." Gunther beugte sich vor und küsste Silke behutsam.

*

Am Abend des letzten Tages kurz vor dem *Farewell-Dinner* standen Gunther und Silke Weinrich an der Reling. Der Mond schien hell und das Wasser der Ostsee wirkte in dem kalten weißen Licht wie flüssiges

Silber. Silke musste vorsichtig auftreten, doch zum Glück war der Knöchel nur verstaucht. Gunther umfasste zärtlich ihr Gesicht.

„Ich habe es genauso gemeint, wie ich es gestern gesagt habe, Silke. Ich werde daran arbeiten, dich nicht mehr so einzuengen und als kleinen Beweis werden wir, sobald wir zu Hause sind, eine Reisebuchung für nächstes Jahr vornehmen."

„Wirklich? Wohin fahren wir?", fragte Silke überrascht.

„Es gibt in Schweden mehrere Kanäle und dort kann man ebenfalls Kreuzfahrten machen, ich dachte mir, das sollten wir einmal ausprobieren und vielleicht fahren wir mit der *Diamond Lady* nächstes Jahr in die Karibik, wenn du möchtest."

„Das klingt großartig", antwortete Silke und sie küsste ihren Mann glücklich.

Der Kapitän stand auf einem der oberen Decks und sah zufrieden auf das sich küssende Paar. Vor Gunther würde eine große Herausforderung liegen, doch der Kapitän zweifelte nicht, dass Herr Weinrich dieser Aufgabe gewachsen war.

„Bist du bereit für das *Farewell-Dinner*, Papa?", hörte er Cassandra hinter sich fragen. „Hast du deine Rede schon vorbereitet?"

„Ja und ja", antwortete der Kapitän lächelnd. Rebecca trat hinter Cassandra ebenfalls aufs Deck.

„Ich bin froh, hier zu sein", sagte der Kapitän ehrlich. „Hier bei euch."

„Wir freuen uns auch, dass du da bist", erwiderte Cassandra.

„Ja, das tun wir“, stimmte Rebecca zu. Kapitän Andersen lächelte.

„Ich würde gerne weiter mit euch hier stehen und reden, aber ...“

„Du musst rein, kein Problem, wir werden uns ja demnächst öfter sehen“, sagte Rebecca. Der Kapitän winkte ihnen zu und ging glücklich in den Festsaal des Restaurants *Silver Palace.*

Kapitän Andersen hatte beschlossen, zum *Farewell-Dinner* die Weinrichs an den Kapitänstisch einzuladen. Bevor das Essen serviert wurde, stand er auf, um eine kurze Abschiedsrede zu halten, wie es in der Reederei üblich war.

„Liebe Gäste, wunderschöne Tage voller interessanter Eindrücke, verschiedener Städte und Kulturen auf unserer Fahrt in die Ostsee gehen zu Ende. Ich hatte es Ihnen bei meiner Rede während des Galadinners erzählt, dass dies auch meine erste Reise auf der *Diamond Lady* war. Als Kapitän ist es so eine Sache, zuzugeben, wenn man wegen einer Veränderung ein mulmiges Gefühl hat. In Wirklichkeit geht es mir nicht anders wie Ihnen. Auch Kapitäne sind nur Menschen und auch wir fürchten uns hin und wieder vor Veränderungen.“ Der Kapitän dachte an seine Töchter.

„Doch wie so oft erweist sich die Furcht am Ende häufig als unbegründet und die getroffene Entscheidung stellt sich als absolut richtig heraus. Manchmal merkt man erst, wenn man über seinen eigenen Schatten springt, dass man mehr Freunde hat, als man zunächst vermutet.“ Kapitän Andersen nickte Frank Ehring, der ebenfalls am Tisch saß, zu. Dieser lächelte zurück. „So erging es mir. Ich hoffe, dass diese Reise für Sie alle etwas Besonderes war. Dass Sie schöne Erinnerungen geschaffen haben, die Ihnen im Gedächtnis bleiben. Dass Sie Veränderungen, mögen Sie sie am Anfang auch als bedrohlich empfinden, mit offenen Armen empfangen und etwas Positives daraus ziehen können.“ Er warf einen Blick zu den Weinrichs. Gunther hatte seinen linken Arm um eine strahlende Silke gelegt und nickte ebenfalls kurz.

„Auf eine gelungene Kreuzfahrt und eine glückliche Heimreise“, sagte der Kapitän und hob das Glas. Die Gäste und die anwesenden Kollegen taten es ihm gleich.

*** *E N D E* ***

Demnächst erscheint
der nächste Band
der Reihe.

Die Reisen der *Diamond Lady* – Ein Wiedersehen der Liebe

Roman von Johanna Mai

Die beiden Freunde Jakob Vollmer und Anton Hofbichler machen Urlaub auf der Diamond Lady. Auf der Reise treffen sie überraschend ihre frühere Schulfreundin, Juliane Gstattner. Während es für Jakob nur eine nette Überraschung ist, Juliane wieder zu sehen, ist es für Anton viel mehr. Seine Gefühle, die er schon während der Schulzeit für Juliane empfunden hatte, erwachen von Neuem. Juliane geht es nicht anders, denn auch sie hatte bereits in der Vergangenheit ein Auge auf Anton geworfen. Bald schon kommt es allerdings zu Differenzen in dieser Ménage-à-trois, denn Jakob will auf den geplanten Kumpelurlaub nicht verzichten. Durch die Erinnerung an die vergangenen Zeiten kommen auch viele Erinnerungen und Geschehnisse ans Licht. Bald muss sich Juliane die Frage stellen, ob es für sie und Anton überhaupt eine gemeinsame Zukunft geben kann. Für Kapitän Andersen wird diese Reise zu einer persönlichen Herausforderung. Er kommt hinter das Geheimnis um den überstürzten Abgang seines Vorgängers Hartmut Berger. Die vergangenen Ereignisse übertreffen die Befürchtungen von Kapitän Andersen und fordern ihn mehr denn je, die richtige Entscheidung als Kapitän zu treffen.